सोनिया जैसी सास

सोनिया जैसी सास

अवधेश राणा

KALPAZ

सोनिया जैसी सास

ISBN: 978-93-5128-070-5

मुल्यः 90

भारत में सन् 2014 में प्रकाशित

कल्पाज़ पब्लिकेशन्स,

सी–30, सत्यवती नगर,

दिल्ली–110 052

Phone: 9212142040

ई–मेल: kalpaz@hotmail.com

टंकण : राजेन्द्र वशिष्ट, दिल्ली

मुद्रित : जी. प्रिंट प्रोसैस, दिल्ली

विषय-सूची

प्रस्तावना

वक्रतुंड महाकाय सूर्यकोटिसम्प्रभ!

निर्विघ्नम कुरू में देव सर्वकार्येषु सर्वदा!!

दोस्तो,

इस किताब का शीर्षक लिखने के लिए मुझे ज़्यादा सोचना नहीं पड़ा क्योंकि इस किताब की पहली ही कविता का शीर्षक ''सोनिया जैसी सास'' मेरे मन को बहुत ही अच्छा लगा। जिसका साफ मतलब है कि हमारे देश में कैसे नेतागण खासकर गाँधी परिवार अपनी शक्तियों का दुरूपयोग करके अपने रिश्तेदारों को फायदा पहुँचाते हैं। इस कविता संग्रह के माध्यम से मैंने लोगों को ये समझाने की कोशिश की है कि कैसे वोट के चक्कर में काँग्रेस देश के विकास, सुरक्षा इत्यादि को नकारते हुए इस तरह की योजनाएँ बना रही है जिससे इनको सत्ता बार-बार मिलती रहे। वो लोग सही भी हैं क्योंकि वो इसमें सफल भी हो रहे हैं।

दरअसल मैं पेशेवर लेखक नहीं हूँ लेकिन देश दुर्दशा देखकर मन में बहुत दुख होता है। एक दिन में अपने मित्र श्री नरेन्दर शेखावत जी के साथ बैठकर बाते करते-करते श्रीनिवास जैसा ससुर और सोनिया जैसी सास का ज़िक्र हुआ। बातों ही बातों में मेरे मुख से इससे मिलती जुलती 2-3 पंक्तियाँ निकल गयीं जो उन्हें बहुत अच्छी

लगीं और उन्होंने इसे फेसबुक में डालने के अलावा आगे लिखना भी जारी रखने की सलाह दी। उसके बाद हमारे दूसरे मित्रों ने भी काफी सराहा तो बस आगे लिखता ही चला गया। मेरे कुछ दोस्त काँग्रेस को भी पसंद करते हैं, उनको शायद कुछ अच्छा नहीं लगा। मैंने उनका मूड अच्छा रखने के लिए हास्य के उपर भी कुछ लिखा जो इस पुस्तक का अभिन्न अंग है।

इस पुस्तक को तैयार करने में मेरे दोस्तों तथा परिजनों का भरपूर सहयोग मिला जिन्होंने मेरी आधी लिखी हुई कविताएं सुनी और अपने विचार प्रकट किए। मैं उन सब का बहुत आभारी हूँ।

खासकर मेरे मित्र श्री मुकेश गुप्ता जी जिन्होंने इसकी छपाई के दौरान सहयोग किया। इसके अलावा मैं कल्पाज़ पब्लिकेशन का भी मेरी किताब छापने के लिए आभारी हूँ।

आज आप लोगों के सामने इस पुस्तक को पेश करते हुए मुझे पूरी आशा है कि जो भी लोग देश को प्यार करते हैं वो इसे पूरा पढ़ेंगे। साथ ही मैं आशा करता हूँ कि ये किताब आप लोगों का मनोरंजन करने के साथ-साथ देश की समस्याओं के प्रति आपकी जानकारी और रूचि बढ़ाऐंगी।

अवधेश राणा

avdheshrana@yahoo.com

सोनिया जैसी सास

जीवन में होने के लिए पास,
पप्पू की छोटी सी आस,

सिविल सर्वीसेज़ में जॉब मिले,
पोस्टिंग मिल जाये ख़ास,

या बन के क्रिकेटर एड करे,
लिम्का वूझाए प्यास, बाकी सब बकवास।।

या फिल्मों में हीरो का रोल मिले,
कटरीना से जोड़ी बन जाये बिन्दास,

नहीं तो श्रीनिवास जैसा ससुर मिले
या मिले सोनिया जैसी सास।।

हरियाणा के लाला जी

सोनिया के अशीर्वाद से
पहना के मंत्री को रूपयों की माला,
हरियाणा के लाला, नवीन जिंदल जी ने
किया करोड़ो का कोयला घोटाला!

FIR तो दिखावा है कुछ दिन में लग जाएगा
इस केस को ताला,
भारत-निर्माण की बात करते हैं
छीन लिया लोगों का निवाला!

बहुत हुआ अब नहीं सहेंगे
न पिएँगे जहर का प्याला,
देश को करते हो प्यार तो
2014 में करना है काँग्रेस का मुँह काला!!

पेट्रोल के दाम

मोदी नीतीश पर बँटा हुआ था पूरे देश का ध्यान,
काँग्रेस के सिपाहसलारों को आया तब ये ज्ञान,
सही समय है मीडिया दूसरा समाचार नहीं दिखाएगा,
बढ़ा दो जल्दी पेट्रोल के दाम श्रीमान।।

तभी चीनी मिल मालिक पहुँचे सोनिया के पास,
बोले इस बार तो हमारी बारी है क्योंकि न्यूज़ है खास,
उनको समझाया कि मत हो निराश,
बड़ी न्यूज़ आने दो क्योंकि दाम करने हैं पचास।।

कुछ दिनों में BJP और JDU का ब्रेक-अप हो जाएगा,
मीडिया केवल यही खबर दिखाएगा,
तब आराम से चीनी के दाम बढ़ाएँगे,
अब तो सेक्युलर नीतीश ही नैया पार लंगाएँगे!!

जबसे मैं कविता लिखने लगा

जबसे मैं कविता लिखने लगा,
कुछ लोगों ने चालू किया समझाना,
अच्छा ख़ासा काम कर रहे हो,
डिप्लोमैटिक रहो, अच्छा नहीं रूलिंग पार्टी से टकराना,

मैंने बोला कि सुभाष, भगत सिंह को क्या पड़ी थी,
वो भी खा सकते थे अपने ही घर का खाना,
शहीदों को ही लोग युग-युग तक याद रखते हैं,
डिप्लोमैटिक लोगों को कब याद रखता है जमाना!

कुछ बोले कि गाँधी परिवार में क्या बुराई है,
राजवंशों ने भी तो राज किया जमाना दर जमाना,
मैं बोला कि कुछ तो कमियाँ थी उस सिस्टम में,
नहीं तो नहीं पड़ता देश का इतना बड़ा हिस्सा गँवाना!

कुछ बोले कि क्यों भाजपा भी तो सांप्रदायिक है,
पूरे देश ने है ये जाना,
मैं कहता हूँ दोस्तो, बदनसीबी है देश की,
हिंदू की बात करने वाला बनता है सबका निशाना!!

नीतीश का दोगलापन

नीतीश बोले क्योंकि अब नहीं रहा
भाजपा में अटल, आडवाणी का जमाना,
इसीलिए कर लीं राहें अलग
और अलग किया ठिकाना।।

नीतीश बाबू, बदलना प्रकृति का नियम है
आपने ये राज भी नहीं जाना,
शरीर को ठीक से चलाने के लिए ज़रूरी है
नित नये खून का आना।।

फिर बोले नीतीश की भाजपा में नहीं है
बुजुर्गों का सम्मान,
आडवाणी जी ने मेरे लिए कितना ज़ोर लगाया
फिर भी नहीं दिया उनको मान!

मोदी को देकर ताज, भाजपा ने रखा
आम आदमी की इच्छा का ध्यान,
आपको अचानक क्या हुआ,
2003 में तो आप भी कर रहे थे मोदी का गुणगान।

और बुजुर्गों की इज़्ज़त के बारे में
आप हमें ना समझाइये,
जॉर्ज फर्नांडीस के साथ आपने क्या किया था
ज़रा खुल के बताइए!

जॉर्ज फर्नांडीस ने तो सारी उमर
देश की सेवा में दिया अपना गात (Body),
और आडवाणी जी ने तो जिन्ना की मज़ार पे
जो कहा वो नहीं लगी हमें अच्छी बात!

नीतीश बाबू, क्या आपको लगता है
एक वर्ग के वोटों से आप जीत का डंका बजा लेंगे,
दोस्तो, अगर हम लोगों का खून नहीं है सफेद,
तो इनकी और काँग्रेस की लंका जला देंगे!!

राजनीति

राजनीति में कुछ समझ नहीं आया,
कौन अपना है और कौन है पराया,
आज कट्टर दुश्मन बने बैठें हैं,
जो कल तक थे हमसाया।।

कभी तो नीतीश करते थे
मोदी के बारे में बड़ी बड़ी बात,
जब काँग्रेस को भगाने का समय आया
तो देश के साथ किया विश्वासघात।।

वैसे अब तो उन्होंने (काँग्रेस) ने भी दे दिया है
आपको सेक्युलर का तमगा,
जिनकी खिलाफत करते-करते
राजनीति में इनका नाम है चमका!

फूल जैसे लग रहे हैं इनको
प्रधानमंत्री जी के वचन,
शुक्रिया कहके इन्होंने भी जताया
अब मिलाप में नहीं है कोई अड़चन!

आपको बिहार की जनता ने
इसीलिए था जिता के सर पे बिठाया,
लालू के राज से थी तंग
और करना था काँग्रेस और लालू का सफाया!

अभी तक जिस लालू पे लगाया
चोरी और घोटालों का इल्ज़ाम,
सोनिया की पार्टी में जाके
टकराना उसी के जाम से जाम!

जनता की याददाश्त कमजोर सही
लेकिन कभी-कभी खाते हैं मूँगफली और बादाम,
आपको इसका पता तभी चलेगा जब होगा
2014 में अगला चुनाव आम!

चौधरी साहब का किस्सा

मेरी कविता पढ़ के कुछ दोस्तों ने दिया सुझाव,
राजनीति तो ठीक है हास्य-रस पे भी कुछ लिखो जनाब!

चलिये हास्य में भी हाथ आजमाता हूँ,
हमारे प्रिय मित्र चौधरी साब का किस्सा सुनाता हूँ!

हमारे एक मित्र चौधरी साहब,
ऑफिस में है बड़ा रूआब,
सारे जूनियर थर-थर काँपते हैं
जब देते हैं वो मूँछों पे ताव!

लेकिन इन जनाब की कहानी है घर में थोड़ी अलग,
क्योंकि हमारी भाभी जी भी हैं थोड़ी सी सख्त!

एक दिन भाई साब निकले ऑफिस से थोड़ा लेट,
बाहर एक लड़की कर रही थी सवारी का वेट!

शिष्टाचार के चक्कर में लड़की से लिफ्ट के लिए पूछा,
उसने भी हाँ कर दी नहीं था उपाय कोई दूजा!

उसको छोड़ कर घर पहुँचे लेट जैसे कर के आए पाप,
भाभी जी बोली क्यों खड़े हो, करो जल्दी से बर्तन साफ!

आपको बताया था कि काम वाली नहीं आई है,
सारे घर में करनी झाड़ू पोंछा और सफाई है!

चौधरी साहब ने जैसे-तैसे करके काम ख़तम जान छुड़ाई,
तभी भाभी जी को लेडीस परफ्यूम की खुशबू आई!

बोली कि तुम्हारे लेट आने का कारण समझ में आया,
हमें तो आपने कभी ऐसा पर परफ्यूम नहीं दिलाया!

हाथ में उठाया बेलन और ज़ोर से दे मारा,
साहब तो साइड हो गये टीवी टूट गया बेचारा!

चौधरी साहब बोले क्या सत्यानाश कर दिया
अब सीरियल कैसे देखोगी अपना ही नुकसान कर लिया!
भाभी जी भी थी बड़ी चालाक,
आपने अपने आप को क्यों बचाया जनाब!

शरीर तो दो चार दिन में ठीक हो जाता,
कम से कम बेलन टीवी से तो नहीं टकराता!

उस दिन चौधरी साब ने ली शपथ, विकट,
चाहे कुछ भी हो जाए, किसी लड़की को नहीं देंगे लिफ्ट!!

घर के फ़ैसलों का बँटवारा

चौधरी साब और भाभी जी को मिला
सबसे सुखी जोड़े का खिताब,
सभी मोहल्ले वालों ने गुज़ारिश की
बताने के लिए इसका राज!

चौधरी साब बोले के हमारे कामों का पक्का है बटवारा,
छोटे फ़ैसले ये लेती हैं और
बड़े फ़ैसलों का बोझ उठाता हूँ सारा!

सबने पूछा कि बड़े और छोटे फ़ैसले का अंतर समझाएं,
सबका भला हो सके इसीलिए खुल के बताइएं!

बोले साहब, टीवी का मॉडल,
बच्चों का स्कूल और कौन सी लेनी है कार,
ये सब मैडम बताती हैं
क्योंकि ये छोटे फ़ैसले हैं सरकार!

बड़े फ़ैसले जैसे कि धोनी कैसा खेला
या सरकार कैसे होगी सफल,
यानी कि ऐसे फ़ैसले जिनमें घर के अलावा
बाहर का भी दखल!

हमने सोचा कि सभी ऐसे बँटवारा करें
तो आ जाएगी क्रांति,
न हो लड़ाई-झगड़ा, ना होगा तलाक
सभी घरों में होगी शांति!!

उत्तराखंड की बाढ़

भयंकर हुई है त्रासदी,
150 मरने वालों की सरकारी संख्या है,
तबाही को देखते हुए तो
कई हज़ारों के मारे जाने की आशंका है!

लोगों पे मुसीबत छाई है और गमगीन है सारा देश,
कुछ लोग लाशो की जेब टटोल रहे भरके साधु का भेष!

हमारा मीडिया है बड़ा तेज
जो रोटी पहुँचने से पहले पहुँच गया है,
कुछ खिलाने के बजाए
तीन दिन भूखा रहने का अनुभव पूछ रहा है!

अरे मीडिया वालो है अगर थोड़ी सी भी इंसानियत
तो अपने हेलिकॉप्टर में रोटी लेके जाइए,
इंटरव्यू लेने की बजाय प्यासे को पानी
और भूखे को खाना खिलाइए!

सुना है कि कुछ हेलिकॉप्टर वाले तो
जान बचाने के लिए हज़ारों रूपये रहे हैं माँग,
ऐसा कोई क़ानून क्यों न हो जिसमें
ऐसा करने वाले को फाँसी पे दे टाँग!

वैसे तो भगवान के नाम पर मंदिर में
लाखों का सोना चढ़ाएंगे,
जब असली सेवा का वक्त आया तो
ग़रीबों से पैसा कमाएगे!

ऐसे संकट के समय में
उत्तराखंड के मुख्यमंत्री विदेश जा रहे हैं,
लोगों को पीने को पानी नहीं
ये मिनरल से हेलिकॉप्टर धूलवा रहे हैं!

वक्त की नज़ाकत है कि लोगों की मदद करो
और दो खुलकर दान,
प्रधानमंत्री की टीम का क्या भरोसा
इसमें भी घोटाला ना कर दें श्रीमान्!

गुमशुदा की तलाश

पोस्टर लगा है गुमशुदा की तलाश
उसपे काँग्रेस के युवराज का चित्र है,
उत्तराखंड़ जैसी मुसीबतों के समय गायब रहना
ये तो इनका ख़ास चरित्र है!

दिल्ली बलात्कार के समय
जब पूरे देश में मचा था हाहाकार,
सारे देश ने जब हल्ला मचाया तो
बयान देने में लगे थे दिन चार,

चमचों की पार्टी है ये
कोई नहीं करेगा इनसे कुछ पूछने की दरकार,
आजकल विदेश में
दोस्तों के साथ गुलछरे उड़ा रहे हैं सरकार!

इनके आनंद में खलल डालने की
नहीं है किसी की हिम्मत,
दिग्गी और शिन्दे ही मौका संभालेंगे
पार्टी ने फ़ैसला लिया है एकमत!

माना कि मुसीबत की घड़ी है नहीं है
राजनीति करने का समाँ,
छत्तीसगढ़ में नक्सली हमले के समय
तो लगा दिया था मजमा!

क्या आप इसीलिए नहीं आए
के मरने वाले हैं सारे के सारे ग़रीब,
या इसीलिए कि देव-भूमि हैं आप
रहना चाहते हैं सेक्यूलरिज्म के करीब!

काँग्रेस एक धर्म के सहारे ही
सत्ता में आती है ये भरम ना पाले युवराज,
हिंदुओं का ग़रीब तबका ही दिलाता है
आपको दिल्ली की गद्दी का राज!

उत्तराखंड की आपदा

उत्तराखंड की इस आपदा का लोग उठा रहे हैं
कुछ इस तरह फायदा,
200 में रोटी, 500 में चावल
और क्या यही सीखा है हमने क़ायदा!

लाशों के उतार रहे गहने
और जिन्दों से रहे पैसे छीन,
इंसान इतना भी गिर सकता है
होता नहीं इसका यकीन!

जहाँ लोग लड़ रहे हैं जिंदगी की जंग
पार्टियाँ दे रही हैं इसे सियासी रंग,
राहत सामग्री से ज़्यादा विज्ञापन में खर्च कर रहे हैं
क्या है ये अच्छा ढंग!

लोग सोच रहे मारा लंबा हाथ,
बन रहे हैं सयाने करके इतने गंदे काज,
चंद पैसों की खातिर
ये भूल गये भगवान की लाठी नहीं करती आवाज़!!

अंधेरा ही अंधेरा है चारों तरफ

दुविधा में है पूरा देश दिल बहुत घबरा रहा है,
अंधेरा है चारों तरफ नज़र नहीं कुछ आ रहा है!
महाराणा प्रताप, शिवाजी, सुभाष और भगत सिंह की
कुर्बानियों को देश याद दिला रहा है!

आज़ादी के बाद काँग्रेस ने ही किया राज,
नेहरू-गाँधी परिवार ही शासन चला रहा है,
जाति-धर्म के नाम पे बाँट रखा है पूरा देश,
इसीलिए इनका सिक्का चलता जा रहा है!

इनको ना ही विकास ना आम आदमी की चिंता है
वही करेंगे जिसमें वोट का सवाल आ रहा है,
स्विस बैंक वालों के तो मजे आ गये,
रूपये का गिरने से इनके डॉलर में उछाल आ रहा है!

एक किरण नज़र आई है मोदी के रूप में
लगता है सोनिया के जाने का समय आ रहा है,
देश फिर से सोने की चिड़िया कहलाएगा
पता नहीं कहाँ से मन में ये ख़याल आ रहा है!

छोड़ दे छोटे-मोटे लालच
और दो मौका मोदी को एक बार
देश का माहौल यही समझा रहा है,
जब जाति धर्म से ऊपर नहीं सोच सकता
फिर देश की बदहाली के लिए
दिल को क्यों जला रहा है!

शादीशुदा जिंदगी का पहला पाठ

चौधरी साब जैसे ही ऑफिस से निकल रहे थे
अचानक उनका फोन झनझनाया,
थोड़ा मार्केट की तरफ से चलते हैं
उनके साथ जाने वाले दोस्त ने फरमाया!

मार्केट में जाते-जाते एक कुर्सी का जोड़ा
उनके मन को बहुत है भाया,
सोचा मैडम खुश हो जाएगी
तो दोस्त के सामान के साथ था पैक करवाया!

क्योंकि घर पहुँचने में थे लेट
तो भाभी जी को गुस्सा था आया,
खुश होना तो छोड़िए नई कुर्सी को देख के
चेहरा गुस्से से तमतमाया!

बोली कि समझ में नही आता
कि इसके लिए पैसा कहाँ से आया,
पिछले रविवार को तो आपने
हल्दीराम में खाना भी नहीं खिलाया!

तुम्हारी पसंद है बेकार और बकवास
कहके कुर्सी को दूर गिराया,
गुस्से में कोप भवन में जा बैठी
रात का खाना भी नहीं खिलाया!

बड़ी दिक्कतों से मानी लेकिन
अकेले शापिंग नहीं करने का वायदा दोहराया,
शापिंग है पत्नी का पहला प्यार
शादीशुदा जिंदगी का पहला पाठ समझ में आया!!

हमारे एक विधायक

हमारे एक विधायक थे कुछ कारण से
नहीं कर सकता जाहिर उनका नाम,
पहले ये करते थे किसी बड़े नेता के खेत में
गोबर उठाने का काम!

एक बार नेता जी की पार्टी की लहर थी
टिकट लेने के लिए नेता पहुँचे तमाम,
इनको टिकट मिल गया क्योंकि
किसी भी नेता पे नहीं बन रही थी सहमति आम!

क्योंकि अनपढ़ थे तो इनको
समझाई गयी कुछ बात,
जो भी मिल जाए तुम्हारे हल्के में
हाथ जोड़ के पकड़ लेना लात,

वो तो तुम्हें ही वोट देंगे
जिन लोगों की है तुम्हारे वाली जात,
तुम्हारी इसी शालीनता को देखकर
बाकी भी दे देंगे वोटों की सौगात!

एक जातिवाद, दूसरे पार्टी की लहर
तीसरे लोगों को जो किया था सलाम,
गुण का क्या काम था
इनके पक्ष में आया चुनाव परिणाम!

सरकारी तंत्र जागा डीसी और दूसरे आफिसरों को
बढ़ाना था विधायक का मान,
डीसी साहब को पानी बकबका सा लगा
करना पड़ा जब विधायक के घर जलपान!

विधायक के घर की दशा सुधारने को
एक फ्रीज़ भिजवाने के लिए बीडीओ को कहलवाया,
दूसरी बार भी वैसा ही पानी मिलने पे
डीसी ने बीडीओ को खूब धमकाया!

बीडीओ बोला विधायक से उस फ्रीज़ का क्या किया
जो ठेकेदार ने आपके घर था पहुँचाया,
विधायक बोले घर में बहुत जगह घेर रहा था
इसीलिए उसमें घर का जूता और कपड़ा भरवाया!

हमारे यहाँ राजनीति में उम्मीदवार को कोई नहीं देखता
धर्म, जाति और चमचागिरी ही असली गुणवत्ता है,
ये सच्ची घटना है लेकिन वो ज़रूर अपनी राय दें
जिन्होंने पहले भी ऐसा संयोग सुन रखा है!!

उधार का नाम

जब भी कोई काँग्रेस अच्छी है कहके समझाता,
उनकी अकल पे बड़ा तरस है आता,
इनके लिए तो युथ आइकॉन है 43 साल के राहुल
और त्याग की देवी है सोनिया माता!

देश की हो चुकी इतनी बर्बादी चोरी
और घोटाले हो रहे हैं खुलेआम,
जिस "गाँधी" की दुहाई देते हो
वो भी है इनका उधार लिया हुआ नाम!

डॉलर की कीमत थी राहुल की उमर के बराबर
ज़ब काँग्रेस ने था राज संभाला,
अब है सोनिया की उमर जितना,
मनमोहन के बराबर हो जाएगा
अगर अब इन्हें वोट डाला!

मोदी को अच्छा कहते हैं लेकिन उनके
प्रधानमंत्री बनने में कुछ को अभी भी है शंका,
नीतीश से तोड़ा नाता अपने नेताओं को किया नाराज़,
इससे ज़्यादा क्या बजाएँगे डंका!

दोस्त, जातिवाद धर्म और प्रांत से ऊपर उठकर
कुछ क्यों नहीं सोच रहा तेरा दिमाग़,
देश को आगे ले के जाना है तो
छोड़ के सोनिया की वफादारी और जप मोदी का राग!

चौधरी साहब की हाज़िरजवाबी

जैसा कि सभी जानते हैं कि
चौधरी साब हैं बड़े हाज़िर जवाब,
ऐसा उत्तर देते है कि
सामने वाला हो जाए लाजवाब!

सड़क पे खड़े थे एक दिन, रास्ता पूछने के लिए
किसी ने पूछा हमें है दिल्ली जाना,
जाओ भाई, हमने तो आपको रोका नहीं
साब ने जवाब दिया जाना पहचाना!

चौधरी साब क्या ये सड़क दिल्ली जाएगी,
उन लोगों में से दूसरे ने समझाया,
सड़क यहीं कि यहीं है, कभी चलती देखी नहीं
साब ने वैसा ही जवाब दोहराया!

ये देख पप्पू ने साहब को सबक़ देने के लिए
खाना खाने की तरह मुँह चलाया,
सोच के मूँगफली खा रहा हूँ,
चौधरी साहब के पूछने पर पप्पू ने फरमाया

चौधरी साहब ने पकड़ लिया ज़ोर से पप्पू का कान
और एक झापड़ किया रशीद,
और बोले, सोच के ही खा रहा है तो बादाम खा,
क्यूँ बन रहा है मूँगफली का मुरीद!

तिरंगे का भाव

सुखदेव, भगत सिंह, चंद्रशेखर ने सर कटवाकर
पार लगाई थी आज़ादी की नाव,
आज क्या मेरा देश बाज़ार हो गया,
तिरंगा पकड़े देख हर कोई पूछता है इसका भाव!

कोका कोला, पिज़्ज़ा हट, प्यारे हो गये,
शर्म आती है खाने में दाल-चावल, वडा-पाव,
क्या इसीलिए दी थी देश-भक्तों ने कुर्बानी
कि विदेशी करेंगे देश का रख रखाव!

कभी कोयला, कभी 2जी, कभी कॉमन वेल्थ गेम
कभी ज़मीन घोटाला कर रहे जनाब,
काँग्रेस, भाँझे और दामादों के साथ मिल के
देश को लूट रही, दे रही बड़े-बड़े घाव!

या तो माँ के दूध में कमी थी
या खून सफेद हो गया जो नहीं आता ताव,
नेता और चड्डी समय-समय पे बदलो,
बदबू से बचने का मेरा फिर से यही सुझाव!!

नरेंद्र मोदी

जिनके बारे में कहते नहीं थकती मीडिया
और दूसरे नेता जैसे मनीष तिवारी,
नरेंद्र दामोदरदास मोदी है इनका नाम,
2014 में दिल्ली में अभिषेक करने की तैयारी!

इशरत जहाँ के केश में काँग्रेस ने लगाया ज़ोर,
मोदी को पकड़ने को लगा दी टीम सरकारी,
उसका लोकतंत्र में कौन कुछ बिगाड़ सकता है
जिसकी नीतियां हैं देश की जनता को प्यारी!

गुजरात में 2007 के चुनाव में
सोनिया ने यमराज बताया और गाली दी बहुत सारी,
लेकिन जनता सब जानती है,
काँग्रेस को दाव उलटा पड़ गया और हार मिली करारी!

राहुल, सोनिया को पर्दे में रख
और केशुभाई के सहारे 2012 में नीति बनाई न्यारी,
चुनाव परिणाम फिर से यही रहा
काँग्रेस इस बार फिर बुरी तरह हारी!

जैसे ही भाजपा ने दी बागडोर चुनाव की मोदी को
तो नीतीश ने दिखाई होशियारी,
दुसरे कुछ नेता भी थोड़ा नाराज़ हुए
लेकिन दो चार दिन में उतर गयी खुमारी!

आशा की किरण दिखी और हटने लगा है अंधेरा
तो काँग्रेस में मच रही है मारामारी,
2014 नज़दीक आ रहा है और जनता ने ठान लिया है
कि इस बार है मोदी की बारी!!

जनता की बारी

अगले चुनाव से पहले जनता में
अपनी छवि बदलने के लिए काँग्रेस कर रही है तैयारी,
पान की दुकान से सोशल मीडिया तक अच्छा दिखने की
अजय माकन को दी ज़िम्मेदारी!

पत्रकारों ने पुछा कि एक साल से कम है,
जनता को किया देर से याद,
जवाब फरमाया साल की छोड़िए कल का खाया याद नहीं
जनता की याददाश्त है बहुत खराब!

2जी, कॉमन वेल्थ, कोल, आदर्श और रेल,
इन सब घोटालों की कालिख कैसे छूटाएँगे,
2009 में नरेगा स्कीम चली अबकी बार
खाद्य सुरक्षा स्कीम से जनता को बहलाएँगे!

किसी ने पूछा मोदी तो हैं जनप्रिय नेता
उनकी लोकप्रियता से कैसे पार पाएँगे,
बोले मोदी से पार पाना है बड़ा आसान
बिकाउ मीडिया पे 2002 बार-बार दिखाएँगे!

बोले पहले कार्यकाल में अपना भला किया,
दूसरे में रिश्तेदारों की नैया पार उतारी!
जनता के लिए संदेश यही है
कि चूक मत करना इस बार है आपकी बारी!

कश्मीर घाटी

दहल उठी है घाटी फिर से
और उठा रही है बहुत सारे सवाल,
नागरिकों की छोड़िए,
अफ़ज़ल गुरू के मरने पे भी मचाते हैं बवाल!

कितने सैनिक शहीद हो रहे
क्या इसका है किसी को मलाल,
उमर अब्दुला को क्यों दुख नहीं
क्या वो नहीं थे किसी माँ के लाल!

हिंदू होना कश्मीरी पंडित का कसूर हो गया,
जो हुए बेघर बेहाल,
किस हाल में, कहाँ रह रहे हैं
वो क्या कभी आया उनका ख़्याल!

1948 में राजा हरिसिंह को नीचा दिखाने की
थी नेहरू की चाल,
स्रदार पटेल की मान लेते तो
नहीं होता कश्मीर का ये हाल!

कश्मीर हमारा है हमारा रहेगा,
खिलाफत करने वाले ज़ुबान रखें संभाल,
इस मुद्‌दे के समाधान के लिए सबसे ज़रूरी है
काटना धारा 370 का जाल!

गरीबी रेखा (BPL)

नया वेतनमान लागू हुआ और चौधरी साब रहे थे
दोस्तो के साथ खुशिया मना,
तभी इनके एक चपरासी ने जिसका नाम बनारसी है
दिया हाथ में इस्तीफ़ा थमा!

बोला या तो वेतन-वृद्धि वापिस लीजिए
नहीं तो कीजिए इस्तीफ़ा स्वीकार,
सरकारी ग़रीबी रेखा (BPL) ऊपर उठ गया हूँ
चूल्हा जलने में भी मच जाएगा हाहाकार!

प्राइवेट स्कूल से बच्चों का नाम कट जाएगा
और भेजना पड़ेगा स्कूल सरकारी,
अनाज, चीनी की सब्सिडी भी ख़त्म,
साल में एक साथ मिलने वाली रकम भी जाएगी मारी!

इन सबके ऊपर एक तो आपका महकमा बेकार,
दूसरे आप हैं इतने नरम कोई नहीं करता आपको नमस्कार,
'नौंकरी सरकारी चाहे तनख़्वाह (Salary) ना मिले'
लगने लगा है ये कहावत (Proverb) है बेकार!

नौकरी छोड़ के घर पे बैठकर,
ग़रीबी रेखा के नीचे वालों में नाम शमिल करवाउँगा,
मेरा चाहे कुछ भी हो
कम से कम बच्चों को तो अच्छे स्कूल में पढ़ाउँगा!

बड़ी मुश्किल से बनारसी को समझाया
लेकिन चौधरी साब को मिली दो सीख,
नम्र होना कमज़ोरी है और सरकार चाहती है
कि लोग विकास की बजाए माँगे भीख!

महाबोधि में बम धमाका

दहल गया महाबोधि बोधगया में,
हुई मानवता फिर से शर्मसार,
सूचना के बावजूद कुछ नहीं किया
क्या सो रही थी नीतीश सरकार!

नीतीश व्यस्त थे करने में बिहार की बेटी
इशरत जहाँ के लिए तकरार,
सुरक्षा सँस्थाएं आपस में लड़ रही थीं
मौके का फ़ायदा उठा गये गद्दार!

पिछले धमाको के बारे में गौर करो
चाहे मुंबई हो दिल्ली हो या हो बिहार,
बम वहीं फट रहे हैं जहाँ है
काँग्रेस या इनके सहयोगियों की सरकार!

वोट के चक्कर में आंतकियों को शरण
दे रहे हैं काँग्रेसी मक्कार,
क्या इनको नहीं लगता इस तरह
हो रहा है दूसरा पाकिस्तान तैयार!

ज़रा गौर से सुनो सोनिया
और दूसरे दहशतगर्दो के मददगार,
जनता जान चुकी है आपकी सच्चाई
कर रही है 2014 का इंतजार!!

गाँव में बरसात

जैसे ही पहुँचे अपने गाँव,
बहुत ज़्यादा गर्मी है सभी कर रहे थे यही बात,
एक तो मौसम दूसरे हरियाणा बिजली बोर्ड की
मेहरबानी ने बुरे किए हालात!

शायद भगवान को तरस आ गया
लोगों को गर्मी से दिलाने के लिए निजात,
ज़ोर ज़ोर से बिजली कड़की
ठंडी हवा के साथ रिमझिम रिमझिम आई बरसात!

नगर पालिका के गड्ढों में पानी भर गया
जिसकी वजह से आई मच्छरों की सौगात,
दिन भर तो ठीक रहा लेकिन मच्छरों की वजह से
बैठ के काटनी पड़ी सारी रात!

इनके बावजूद भी सारे दुखों को करे दूर
और दे सुकून परिजनों के साथ मुलाकात,
सबके ऊपर मज़ा तब आता है
जब शाम को जमती है पुराने दोस्त की जमात!!

आखिरी टेलीग्राम

जैसे ही सरकार ने ऐलान किया कि
आज ही भेज सकते हैं आख़िरी टेलीग्राम,
गाँधी परिवार के चमचों में होड़ मच गयी
भेजने के लिए राहुल के नाम पैगाम!

खैर इनकी तो बदकिस्मती थी,
आख़िरी टेलीग्राम भेजने वाला था आदमी आम,
लेकिन इसे इत्तेफाक ही समझिए
ये भी था राहुल बाबा के नाम!

लिखा आपकी छवि को शायद नुकसान पहुँचे,
शिष्टाचार की वजह से राम राम,
आपकी अपनी कोई खाशियत नहीं
काँग्रेस उपाध्यक्ष पद है गाँधी होने का इनाम!

जनता को भिखारी बना रही है
आपकी खाद्य सुरक्षा, नरेगा आदि स्कीम तमाम,
असली ग़रीब भूखा मर रहा है,
बीपीएल वाला खेलता है ताश पत्ती सुबह शाम!

अगर करना ही है तो विदेशो की बजाय
करो देशी कारखानो को चलाने का इंतज़ाम,
बेरोज़गारों को दो रोज़गार,
उनको जेल में बंद करो जिन पर है घोटालों का इल्ज़ाम!

धर्मनिरपेक्षता के नाम में छोड़िए
ख़ास धर्म के लोगों को रिझाना सरेआम,
ये तो शायद ही कर पाओ
बस सिखादो सोनिया मम्मी को करना हिन्दी में कलाम!

हरियाणा नंबर वन

पता नहीं कहाँ के आँकड़े हैं
जो हरियाणा को नंबर वन बताते हैं कुछ बेशर्म,
क्योंकि मैं यहाँ का रहने वाला हूँ
सबको हक़ीकत से रूबरू करवाना है मेरा धर्म!

बिजली की मत पूछो 8 से 10 घंटे कट रहता है
जिस दिन मौसम हो गर्म,
यमुनानगर से सहारनपुर गाड़ी चलाने में टूट जाता है
अच्छे अच्छों का भरम

किसानों की हालत तो नरेगा से पतली थी
खाद्य सुरक्षा बिल कर देगा क्रियाकर्म,
नेताओं के रिश्तेदारों की जेब में है
क़ानून के रखवाले अपराध की है सीमा चरम!

सरकारी स्कूलों में मास्टर नहीं पूरे
और प्राइवेट करते हैं लोगों की जेब नरम,
लड़कियों को कोख में ही मार देते हैं
कभी नहीं सुना इससे बड़ा अधर्म!

एक जिले में विकास हो रहा है
रोहतक ही है हरियाणा का जिला परम,
नौकरी एक जाति के लोगों को मिलती है
जो मानते है हरियाणा के हैं केवल हम

नये उद्योग तो दूर की बात
राज्य के बाहर जा रही है होंडा, मारूति आदि फार्म,
2014 में भ्रष्ट सरकार चली जाएगी
अगर लोग रखे याद और आँखो में है शर्म!

खाद्य सुरक्षा बिल

वोटों के चक्कर में जैसे ही सरकार ने जारी किया
खाद्य सुरक्षा बिल का अध्यादेश,
मेरे पास बैठा हुआ पप्पू बहुत खुश हुआ
और करी इस प्रकार इसकी समीक्षा पेश!

बोला मज़ा आ गया, अच्छी बात है
सरकार गेहू चावल तो दे रही है लगभग फ्री,
सरकार वैसे ही घाटे में है क्या फ़र्क पड़ता है
अगर साथ में मिल जाती सब्जी हरी!

फिर बोला गेहूँ चावल के सरकारी दाम से तो हैं
पिसाई के दाम बहुत ज़्यादा,
राशन की ढुलाई और पिसाई के दाम भी मिल जाते
तो सरकार का क्या जाता!

पप्पू की खुशी देख मैं कुछ बोल नहीं पाया
सोचा कहूँ ये चीख-चीख,
जब बिना काम किए ही सब मिलेगा
तो खजाना खाली होने पर क्या माँगेंगे भीख!

प्याज के भाव

जैसे ही मैंने सब्जी वाले से माँगा
दूसरी सब्जियों के साथ 2 किलो प्याज
सब्जियों के लिए पैन कार्ड माँगा
लेकिन प्याज ने बिगाड़ा बसो मिज़ाज

वो बोला कल 5 किलो प्याज
लेके गयी थी चौधरी साहब की मेड,
शायद आपने सुना हो आज उनके
घर पड़ गयी इनकम टैक्स की रेड!

दिवाली पे पुलिसवालों, रिस्तेदार और
दोस्तों को चाहिए प्याज की सौगात
वैसे आजकल छूटटे रुपयो की जगह
प्याज देकर पा सकते हैं निजात!

मैंने पूछा सब्जियों के दाम बढ़े हैं तो
तुम्हें भी होगा अच्छा ख़ासा फ़ायदा,
बोला हम दिहाड़ी पर है मुनाफ़ा सेठ ले जाता है
ये है धन्धे का क़ायदा!

फिर बोला हमारी छोड़िए सब्जी उगाने वाले
किसान का भी है बुरा हाल,
उनका दाम पहले से फिक्स है
मुनाफ़ा कमाते हैं बिचौलिये और दलाल!

हमने सोचा देश की है ये त्रासदी
असली काम करने वाले भूखे मरते हैं,
किसानों की भी है हालत खराब
दलाल बिचौलिये ही पूरे मज़े करते हैं!

मोदी का अमेरिका वीज़ा

ओबामा को मोदी के वीज़ा के खिलाफ पत्र लिखकर
कुछ सांसदों ने किया काम मलिन,
उनसे भीख माँग रहे हैं जिनके हाथ है
खुद ही पता नहीं कितनों के खून से रंगीन!

देश की समस्या को बाहर के लोगों से बात करना
दिखाता है इनकी मानसिकता हीन,
आज अमेरिका के चाट रहे हैं क्या भरोसा कल
इनके मालिक बनेंगे पाकिस्तान और चीन!

भारत की सबसे बड़ी पंचायत में भी
दस्तख़तों की हेराफेरी होगी होता नहीं इसका यकीन,
नेता किसी के सगे नहीं इनका बस चले
तो बेच दें दूसरे मुल्को को भारत की ज़मीन!

मोदी को अमेरिका की क्या है ज़रूरत
वो तो हैं देश की समस्याओं से रूबरू होने में लीन,
2014 के बाद अमेरिका वाले ही भारत आने को तरसेंगे
बजाएँ मोदी के नाम की बीन!!

राहुल की क्लास

दिग्गी और शकील अहमद जैसे नेताओं ब्यानों से
काँग्रेस की किरकिरी हुई भरपूर,
राहुल ने ली सबकी क्लास,
नतमस्तक हो सबने सुना जैसा की है इनका दस्तूर!

राहुल बोले क्या ज़रूरत है उल्टे बयान देने की
आसान है इस समस्या से पाना पार,
आपको किसी भी मुद्दे पर बोलना हो
दोहराओ गुजरात 2002 और मोदी हिन्दुत्व बार-बार!

करूणानिधि, मुलायम, मायावती अदि नेताओं के लिए
मत करो कटु शब्दों का उपयोग,
तुम्हारे बयानों से ये नाराज़ हो जाते हैं
लेना पड़ता है बार-बार सीबीआई का सहयोग!

और जिन लोगों का दिमाग़ है मेरे जितना
और सामने पूछा गया सवाल है कठिन,
मनमोहन की तरह चुप रहने से कोई टिप्पणी नहीं करेगा
इसका है मुझे यकीन!

तब सोनिया की ममता जागी और बोली
इतना काम मत करो लो अपने शरीर की कुछ सुध,
दोबारा प्रवचन के लिए ताक़त की ज़रूरत पड़ेगी
इसीलिए घर में आके पियो एक ग्लास दूध!

घर की बेटी बनी टंच माल

अमीर और अमीर हो रहा है
ग़रीबों का हो रहा है बुरा हाल,
काम करने वाले मरे भूखे
और दलाल हो रहे मालामाल!

भांड आजकल सुपर हीरो हो गये
शहीदों के परिवार वाले बेहाल,
सन्नी लीयोन गृह लक्ष्मी हो गयी
घर की बेटी बनी टंच माल!

भड़वे आजकल प्रवचन कर रहे
बुद्धिजीवी लोगों को नहीं किसी को ख्याल,
चोर-उचक्के नेता बन गये
असली नेताओं को ढूँढने का आ रहा है सवाल!

नेताओं के रिश्तेदारों को मिल रही नौंकरी
योग्य धक्के खा रहे हैं फिलहाल,
ईमानदार निलंबित हो रहे,
कपटी आराम से पूरा कर रहे कार्यकाल!

औद्योगिक घराने विकास के नाम पे
देश लूट रहे सरकार बनी ज़मीन की दलाल,
भारत को भगवान ही चला रहा है
यही सब देखकर ही लोग देते हैं ये मिसाल!

क़ानून में बदलाव

दिल बहुत दुखी हुआ मन में आए बुरे विचार
सुनके क़ानून में बदलाव का समाचार,
नेताओं को बचाने और भ्रष्टाचार को
जारी रखने के लिए तैयार है सरकार!

सूचना क़ानून के तहत 100 रूपये के काम के लिए है
1000 की स्टेशनरी की दरकार,
जब नेताओं के अरबों के खर्चे की बात आती है
क़ानून बदलने पर नेता कर रहे विचार!

जनप्रतिनिधि क़ानून में एक व्यक्ति सरकारी नौकरी
नहीं कर सकता अगर जेल जाए एकबार,
सुप्रीम कोर्ट ने अपराधियों के चुनाव पर रोक लगाई
तो सरकार है क़ानून संशोधन को तैयार!

काँग्रेस, बसपा, सपा से क्या गिला,
सभी जानते हैं कि इनकी तो नींव ही है भ्रष्टाचार,
भाजपा भी अगर इनका साथ देती है
तो क्यों आदर्शवाद की दुहाई देते हो बार-बार!

इतने जुल्म और भ्रष्टाचार करके
क्या नेता कर रहे हैं मारकाट का इंतजार,
या फिर इनको है मोक्ष पाने की इच्छा
जो सोच रहे हैं इनसे बचाने को नारायण लेंगे अवतार!

अब्दुल करीम टुंडा को तमाचा

जैसे ही अदालत में विष्णु गुप्ता ने
मारा अब्दुल करीम को तमाचा,
बहुत ही गहरा दुख हुआ
और आईसीयू में पहुँच गये दिग्गी चाचा!

दिग्गी बोले अब्दुल करीम टुंडा जी है
हमारे सम्मानीय मेहमान,
उनको मारके थप्पड़
विष्णु ने किया है धर्मनिरपेक्षता का अपमान!

फिर बोले एक तो अपंग
और लाचार है टुंडा भाईजान,
ऊपर से हमारी परंपरा भी सीखाती है
करना बुजुर्गों का सम्मान,

लालू और नीतीश में बहस हुई और
चले मुक्के और लात,
लालू बोले तुमने ईशरत को बनाया बेटी
मैं बनाऊँगा इसको अपना बाप!

मनीष तिवारी बहुत गुस्सा हुए
निकाली जाँच संस्थाओं पे भडास,
बोले कटे हाथ वालों का धमाकों में
कैसे हो सकता है हाथ!

फिर बोले टुंडा जी का कटा हुआ हाथ है
काँग्रेस का चुनाव चिन्ह,
कसाब की तरह बिर्यानी खिलाके
उतारेंगे इनका ऋण!

वंश चलाने के लिए कोख कहाँ से लाओगे

लड़की कोख में मारने वालो
वंश चलाने के लिए कोख कहाँ से लाओगे,
बहने नही होंगी तो सोचो
भाईयों को राखी किसके हाथों से बँधवाओगे!

पढ़ने से अगर रोकोगे तो कल्पना चावला कहाँ से पाओगे,
खेलने से अगर रोकोगे तो पी॰टी॰ उषा किसे बनाओगे!

पर्दे में रखकर
झाँसी की रानी वाली हिम्मत कहाँ से दिलाओगे,
नौकरी नहीं करने दोगे
तो दहेज के दानव से कैसे पीछा छुड़ाओगे!

प्रण करो कि बेटा हो या बेटी
भगवान की देन मान कर अपनाओगे,
बुढ़ापे में बेटा होगा पत्नी के साथ
बेटी को ही अपनी सेवा में पाओगे!

काहे को तूने मेरा माखन चुराया

कान्हा आपसे ठिठोली करने के लिए बोलती थी
गोपियाँ काहे को तूने मेरा माखन चुराया,
आपके माखन चुराने की खुशी की आदत में
हमने हँस के सालों तक देश को लुटवाया!

पहले 600-700 सालों तक हमारा माखन
चुराते रहे मुगल, अफ़ग़ान और अरब,
बाद में अंग्रेज़ों ने भी वोही चालू किया
लेकर आपकी माखन चोरी से सबक!

मुगल और अंग्रेज तो विदेशी थे
शायद उनको नहीं था आपकी माया का ज्ञान,
आजकल तो काले अंग्रेज़ों ने ही छेड़ रखा है
देश के माखन की चोरी का अभियान!

आज तो आलम ये है कि
कितने कंश और दुर्योधन ही बनके बैंठे है माखन चोर,
बाढ़ ही जब खेत को खाने लगे
फिर पाकिस्तान और चीन पर क्या हो सकता है ज़ोर!

अधर्म से मुक्ति दिलाने और गीता पाठ सिखाने को
फिर से हे गोबिंद लो अवतार,
इन माखन चोरों को सबक सिखाने को
हज़ारों अर्जुन बैठे हैं गाँडीव उठाने को!!

सोनिया जी की बीमारी

कल रात सबसे तेज मीडिया के सारे चैनल
दिखा रहे थे एक ही समाचार,
सोनिया गाँधी को एम्स में किया गया है भर्ती
क्योंकि वो हैं गंभीर बीमार!

लाइव ब्रॉडकास्ट चल रहा था जैसे
दिखा रहे हो राष्ट्रपति का भाषण देश के नाम,
शैलजा ने संभाला, राहुल की कार में बैठी
आदि विस्तार से बता रहे थे बातें तमाम!

काँग्रेस अध्यक्ष की तबीयत खराब थी
अस्पताल में भीड़ होनी थी निश्चित,
सलाम करने पहुँचे नेता तमाम जैसे कि
मनमोहन, हुडा और शीला दीक्षित!

सभी नेताओं को बहुत दुख हुआ
और ये बिल किया ध्वनिमत से पारित,
सोनिया गाँधी जी की बीमारी को
किया जाए राष्ट्रीय आपदा घोषित!

गार्ड की ड्रेस में पहुँचे और आपस में लड़ने लगे
दिग्गी और मनीष तिवारी,
मनीष बोले मैं मंत्री हूँ तो मैं ही कर सकता हूँ
सोनिया जी की पहरेदारी!

मनमोहन वार्ड के बाहर मनीष के पास
बैठके बोले अब मुझे आदेश देगा कौन,
इसीलिए प्रण लेता हूँ कि सोनिया जी के
ठीक होने तक रहूँगा एकदम मौन!

रूपया जा पहुँचा है 70 के पार

देश गहरे आर्थिक संकट में है
रूपये की कीमत पहुँच रही है 70 के पार,
देश को खोखला करने का बिल लाने के बाद
सोना बेचने चली सरकार!

रूपये की कीमत और नेताओं के चरित्र
में गिरने की छिड़ी है जंग,
स्विस बैंक के डॉलरों की बढ़ी कीमत बनाएगी
नेताओं को और भी दबंग!

काँग्रेस के भारत निर्माण विज्ञापन बोलते हैं
मीलों आ गये और मीलों है जाना,
क्या बच्चे की जान लोगे 70 पे ले आए
क्या चाहते हो 100 पे पहुँचाना है!

इसपे काँग्रेस के युवराज बोले
रुपये के गिरने का कारण है गुरूत्वाकर्षण बल,
रुपयो का वजन कम करने से कम गिरेगा
सोचो कितना आसान है हल!

रूपया गिरेगा क्योंकि कर्जे के बावजूद
वोट बैंक बिल के लिए कर्ज़ा लेगी सरकार,
मेरी बात शायद बुरी लगे लेकिन
भिखारी को नहीं है भीख देने का अधिकार!

लोगों को भीख देकर आलसी बनाने की बजाय
योग्य लोगों को दे रोज़गार,
डॉलर रुपये के बराबर हो जाएगा
अगर काला धन विदेशों से ले आए सरकार!

फिर बढ़े पेट्रोल के दाम

फिर से लोगों की जेब पर गाज गिरी
फिर बढ़ाए सरकार ने पेट्रोल के दाम,
क्योंकि मीडिया वाले दिखा रहे थे
दिल्ली रेप का अभियुक्त और बापू आसाराम!

ये कोई पहली बार नहीं जब
मौंके का फ़ायदा उठा गयी सरकार,
दाम तभी बढ़ते है जब किसी
दूसरी ब्रेकिंग न्यूज़ पे मीडिया में हो तकरार!

क्रूड के दाम बढ़ने या रूपया गिरने से
सरकार पेट्रोल के दाम बढ़ाती है,
लेकिन जब दाम गिर जाए तो
मुनाफे के चक्कर में कम करने से हिचकिचाती है!

पेट्रोल की कीमत की लगभग आधा भाग
सरकारी टैक्स में है जाता,
सरकार टैक्स क्यों नहीं कम करती
अगर तेल कंपनियो को है घाटा!!

दिल्ली बलात्कार कांड का नाबालिग अभियुक्त

पीडिता के माँ बाप रो रहे थे
और दरिन्दा हँस के उड़ा रहा था उपहास,
इतने जघन्य अपराध की इतनी कम सज़ा
सुनके टूटी क़ानून से आस!

सरकार ने तो पल्ला झाड़ लिया
देकर नाबालिग क़ानून की दुहाई,
खाद्य सुरक्षा बिल के समय में
बिना क़ानून बदले सरकार अध्यादेश लायी!

ऐसे मामलों में ऐसी सज़ा देनी चाहिए
जो बन जाए भविष्य में उदाहरण,
महाभारत में श्रीकृष्ण ने भूलकर प्रतिज्ञा
धर्म की रक्षा के लिए उठाया था चक्र सुदर्शन!

दामाद जैसा ट्रीटमेंट मिल रहा है जेल में
जैसे करके आए देश के लिए संघर्ष,
बाहर आने पर बालिग हो जाएँगे
धर्म विशेष की वजह से चुनाव टिकट देगी काँग्रेस!

पिछले साल खूब केंडल मार्च किया
खूब था दरिंदों को फाँसी दिलाने का जोश,
इस फ़ैसले पर भी चुप बैठे हो तो
बहन बेटी के साथ होने पे ही आएगा होश!

इंडिया गेट पे मोमबत्ती जलाने से कुछ नहीं होगा
करे नयी क्रांति की तैयारी,
पहले नेताओं को सबक सिखाओ
बाद में दरिंदों की अपने आप आएगी बारी!!

हिन्दी भाषा में अंग्रेजी के शब्दों का चलन

हिन्दी में अंग्रेजी के शब्दों का चलन
आपको सुनाता हूँ कुछ किस्से,
सुनकर शायद आपको भी याद आ जाए
आपके साथ घटे ऐसे जीवन के हिस्से!

हमारे दोस्त ने हमें मिलने कि लिए
अपने विश्वविद्यालय में बुलवाया,
रेल से उतरने के बाद रिक्शा
वाले को चलने के लिए फ़रमाया!

विश्वविद्यालय शब्द सुनकर
रिक्शा वाले ने चालू किया सर खुजाना,
बोला साहब पूरा पता बताइए
सिर्फ नाम से मुश्किल है ढूँढ पाना!

आसपास खड़े लोगों और दूसरे रिक्शा वालों
की थी लगभग वही हालत,
बोले ये नाम कभी सुना नहीं लगता है
आपको किसी ने पता दिया गलत!

हम बुदबुदाये सोचा नहीं था
इतना मुश्किल होगा यूनिवर्सिटी को खोजना,
सुनते ही रिक्शा वाला बोला
आपको पहले ही चाहिए था यूनिवर्सिटी बोलना!

उसके बाद एक दिन किराए की कार में
बच्चों के साथ जा रहे थे अपने घर,
ड्राइवर को कहा कि बाई तरफ़ मोड़ लेना
हमने आगे चौराहा देखकर!

सुनते ही तुरंत ड्राइवर ने फ़रमाया
साब अँग्रेज़ी में मत बताइए,
अनपढ़ है लेफ्ट-राइट ही मालूम है
इसीलिए कृपया हिन्दी में ही फरमाइए!

हद तो उस दिन हो गयी जब सब्जी वाले ने बताई
सब्जी की कीमत सतत्तर,
हमारी पत्नी इसमें उलझ गयी
और घर आके पूछा अँग्रेज़ी में इसका उत्तर!

इन सब घटनाओ पर गौर करता हूँ
तो सोचता हूँ कि क्या अर्थ जाए निकाला,
क्या हिन्दी भाषा पूर्ण नहीं या फिर
अँग्रेज़ी ने हमें अपना गुलाम बना डाला!

मोदी की पीएम उम्मीदवारी का ऐलान

खुशी से दिल भर आया और सोचा
चिल्ला-चिल्ला के सर पे उठा लूँ आसमान,
जैसे ही राजनाथ सिंह जी ने किया
मोदी की पीएम उम्मीदवारी का ऐलान!

दिल्ली विश्वविद्यालय के चुनाव में
भारी जीत ने बढ़ाया मोदी का मनोबल,
गढ़वाल जीत ने दिखाया युवा मान चुका है
कि मोदी ही है हर समस्या का हल!

पहली बार दिग्गी ने सच बोला
पहली बार दिग्गी का बोलना बहुत भाया,
मोदी जी की उम्मीदवारी में आरएसएस का हाथ है
जब इन्होंने ये फ़रमाया!

राहुल बोले सोनिया से आपने बिल्कुल ठीक कहा था
कि राजनीति तो है जहर,
जल्दी से बोरिया बिस्तर बाँध इटली चलो
नहीं तो टूट पड़ेगा मोदी का कहर!

सिब्बल को कुछ नहीं सूझा बोले
काँग्रेस वाले बाद में मनाएँगे दीवाली अपनी,
रावण के लिए दीवाली नहीं मनाते
काँग्रेस को जलाकर जनता मनाएगी विजयदशमी!

नीतिश बाबू की संभावना क्षीण हुई
तो गुस्से में फ़रमाया विनाश काले बुद्धि विपरीत,
खिशयानी बिल्ली खंबा नोंचे ऐसे में तो
इनके लिए यही मुहावरा रहेगा एकदम ठीक!

जो कहते थे कि भाजपा मोदी को बनने नहीं देगी
उनके मुँह पे लग गया ताला,
ये देश के साथ गद्दारी होगी
अगर कोई बहाना बना के मोदी को वोट नहीं डाला!

भारत माँ के शेर ने भरी हुंकार

रणबांकुरों की धरती से 15 सितंबर को जब
भारत माँ के शेर ने भरी हुंकार,
थर-थर काँप रहे थे दुश्मन,
चारों तरफ हो रही थी भारत माँ की जय-जय कार!

मोदी बोले वोट के नाम पे
धर्मविशेष को खुश करने वाले हैं देश पे भार,
पड़ोसियों के नाम नक्शे से मिटा देंगे
जो जारी रखा आंतकवाद से प्यार!

रैली थी या सूनामी इतनी ज़्यादा भीड़ देख
पूछ रहे थे लोग बार बार,
काँग्रेस और मीडिया की नींद उड़ गयी
2002 के मुद्दे पर करते रहे तकरार!

वाड्रा जी की भीड़ की बजाय
रैली स्थल की ज़मीन को देख निकली लार,
हुड्डा से बोले अगली बार खाली जगह छुपाई
तो मम्मी से पड़ेगी मार!

मनमोहन सिंह बहुत ही खुश हुए
सोनिया मम्मी से जाके प्रकट किए विचार,
सभी मोदी की तारीफ में लगें हैं
वर्ना हमें सवाल पूछ के कर रहे थे शर्मसार!

मोदी भाई ये हरियाणा भूमि है
जहाँ पे किया गया कौरवों का संहार,
उठाओ गांडीव आगे चलो,
युवा सेना बैठी है साथ देने के लिए तैयार!

1977 हो या 1989 जब भी काँग्रेस सरकार गयी
यहीं से उठी ललकार,
इस बार भी रनभेरी यहीं से बजी है
2014 में चली जाएगी भ्रष्ट सरकार!

दागियों को बचाने के लिए अध्यादेश

हमारी सरकार की लगन देखिए
दागियों को बचाने के लिए अध्यादेश
दिल्ली बलात्कार के नाबालिक दोषी के मामले में तो
ऐसी तत्परता नहीं थी दिखाई!

देश में महंगाई बेरोज़गारी बढ़ रही है
और लगभग सभी पॉलिसी पड़ी है ठप,
वोटों की बात हो या दागी नेताओं की
सरकार चुस्ती दिखाती है जबरदस्त!

एक बार जेल जाने से सरकारी कर्मचारी को
कर दिया जाता है नौकरी से बर्खास्त,
जब लालू और रसीद मसूद की बात आई
तो बचाने के लिए लगा दी पूरी ताक़त!

अध्यादेश लाने की क्या जल्दी थी
जो नहीं किया संसद के अधिवेशन का इंतजार,
मेरा मानना है कि कुछ दागियों से
पीछा छुड़ाने के मौका चूक गयी सरकार!

एक मछली पूरे तालाब को गंदा कर देती है
यहाँ तो भरे पड़े है मगरमच्छ,
मजबूर मत करो जनता को कि
खुद ही निकल पड़े करने व्यवस्था को स्वच्छ!

राहुल द्वारा अध्यादेश फाड़ना

जैसे ही राहुल बाबा ने बागी नेताओं को
बचाने वाले अध्यादेश को फाड़ने का ऐलान किया,
उपाध्यक्ष की अन्तरआत्मा की आवाज़ है
कहके सारे चापलुस करने लगे गुणगान!

अजय माकन हो या सिब्बल सभी दो दिन पहले
कर रहे थे इस अध्यादेश की वकालत,
आज बुराई करने लगे क्योंकि राहुल उस परिवार से हैं
जो सोच भी नहीं सकता ग़लत

ये समाचार अमरीका पहुँचा और
ओबामा ने भिजवाया मनमोहन के नाम फरमान,
आप भारत के प्रधानमंत्री है या नहीं
सोनिया जी से पूछ के करो इस शंका का समाधान!

सोनिया बोलीं चिंता मत करें कहने के लिए
आपही हैं हमारी सरकार के सरदार,
लेकिन लालू को जेल भेज के नीतीश खुश हो जाएगा
जो है आजकल हमारा वफादार!

अगर राहुल इतने ही गंभीर थे तो
उन्हें चाहिए था मुद्दे को काँग्रेस की बैठक में उठाना,
मीडिया के बीच बोल के सस्ती लोकप्रियता मिली
जो बहुत दिनों से चाहते थे पाना!

दरअसल इस अध्यादेश के लिए राष्ट्रपति ने
कुछ मंत्रियो को बुलाके दर्ज करवाई आपत्ति,
सोनिया ने दाँव चला बचाने के लिए अपनी इज़्ज़त
और चमकाने के लिए राहुल की राजनीति!

पाँच राज्यों में चुनाव

रणभेरी बज चुकी जैसे ही हुआ
पाँच राज्यों में चुनाव का ऐलान,
देश की अगली सरकार किसकी होगी
लगभग यही तय करेंगे इनके परिणाम!

राजस्थान, मध्य प्रदेश और छत्तीसगढ़ में
तो है पहले ही काँग्रेस की मिट्टी पलीत,
दिल्ली के लोग भी अगर जयचंद को पहचान लें
तो नहीं होगी काँग्रेस की जीत!

आम आदमी पार्टी लोगों को बहकाके वोट काटेगी
और करेगी काँग्रेस का हित,
यही तो रणनीति है ताकि विपक्ष के लिए
मुश्किल हो करना काँग्रेस को चित!

पाँच साल पहले आंध्र में भी चिरंजीवी ने
किया था कुछ ऐसा ही काम,
वोट कटने से फिर काँग्रेस की सरकार बनी
इन्हें मिला केंद्र में मंत्रिपद इनाम!

दोस्तों इसीलिए सबसे विनती है
के इसबार ना करना बिल्कुल भी भूल,
कितना भी ज़रूरी हो काम वोट ज़रूर डालना
जो चटानी है काँग्रेस को धूल!!

एस्केप वेलोसिटी की परिभाषा

राहुल बाबा को अचानक क्या हुआ
और बोलने लगे वैज्ञानिकों की भाषा,
ग़रीबी हटाने के लिए समझाई
दलितों को एस्केप वेलोसिटी की परिभाषा!

इतनी साधारण व्याख्या से कोचिंग वाले बोले
कि पप्पू ने ये क्या बोल डाला,
इतनी आसानी से सबको समझा दोगे
तो लग जाएगा हमारे धंधे पर ताला!

काँग्रेस पार्टी में सभी सोचने लगे
कैसे हो गयी इतनी उत्तम पप्पू की सोच,
दरअसल ग़लती से वो पेपर भाषण में चला गया
जिसकी इसरो वाले कर रहे थे खोज!

कुछ ने तो चमचागिरी की हद कर दी
कहने लगे देखो पप्पू है कितना बुद्धिमान,
इनकी इस खोज के लिए तो बनता है
मिलना नोबेल पुरस्कार का सम्मान!

केंद्र में तो है सपा बसपा और काँग्रस की
सीबीआई की वजह से संधि,
सिर्फ भाषण में इनकी बुराई करने से क्या आप
समझते हैं जनता को मन्दबुद्धि!

देश की ग़रीबी के लिए आप नहीं
ठहरा सकते हैं दूसरी पार्टी को ज़िम्मेदार,
आज़ादी के बाद ज़्यादातर समय तक रही है
गाँधी नेहरू परिवार की सरकार!

हे युवराज दलित के घर जाने का
नाटक करना छोड़िए और धरातल पे आइये,
ग़रीबी हटाने के लिए गरीबों को रोटी ना देकर
रोटी कमाने के साधन बनाइए!

पप्पू नांच नहीं सकता
(Pappu can't Dance Saala)

पप्पू ईज़ ए काँग्रेस यंग मैन,
चुटकले बनाने वाले हैं पप्पू के बड़े फ़ैन,
पप्पू करता है अमेरिका और यूरोप में मौज,
पप्पू के पास है चमचों की भारी फ़ौज़,
लेकिन पप्पू कांट डांस साला!

....

बी०ए० करने के लिए बदले तीन कॉलेज,
फिर भी बच्चों से ऊपर नहीं है नॉलेज,
पप्पू के पास बहुत सी डिग्री नकली,
पूरी काँग्रेस मानती है इन्हें बुद्धि के महाबली,
लेकिन पप्पू कांट डांस साला!

....

पप्पू को शुरू से सलाम करते हैं काँग्रेस के संतरी,
क्योंकि जब पैदा हुए इनकी दादी थी प्रधानमंत्री,
प्रधानमंत्री की कुर्सी का है खानदानी तजुर्बा,
बाप क्या प्रधानमंत्री रहे इनकी दादी के अब्बा,
लेकिन पप्पू कांट डांस साला!

....

पप्पू की माँ रोके बताती है जहर है राजनीति,
कागज फाड़ के करते हैं ये मन्नू की बेइज्जती,
कुर्सी के असली दावेदार हैं यही था चमचों का कहना,
मोदी की आँधी चली तो बचाने के लिए आई है बहना!

लेकिन पप्पू कांट डांस साला!

....

राहुल गाँधी ने बताया कि
उन्हें बचपन में पालक खाना पसंद नहीं था

पप्पू का इमोशनल अत्याचार

पप्पू के भाषण में कभी पापा ऐसे थे
कभी दादी ऐसी थीं और कभी माँ हैं बीमार,
चुनाव रैली है या भीख माँग रहे हो
जो हर बात में करते हो इमोशनल अत्याचार!

इन्होंने बताया कि बचपन मैंने भी पापा की नहीं मानी
और दादी करती थी मदद,
बचपन में अगर पालक खा लेते तो
दूसरों को नहीं लिखने पड़ते आपके लिए शब्द!

दंगों के लिए आप एक ही पार्टी को
कैसे ठहरा सकते हैं पूरी तरह ज़िम्मेदार,
सबको पता है पंजाब में उग्रवाद और
दिल्ली में दंगे हुए किसकी इच्छानुसार!

कल आपने बताया कि देश की सारी
दूसरी पाटियों को 400-500 नेता हैं चलाते,
काँग्रेस पार्टी में आपकी मम्मी के अलावा
किसकी चलती है ये बता दो जाते-जाते!

नौंकरी सरकारी चाहे तनखाह ना मिले

बहुत पुरानी बात है एक महाशय थे मुँहफ़ट
और बिल्कुल नहीं करते थे काम,
'नौंकरी सरकारी चाहे तनखाह ना मिले'
कहके करते थे सरकारी लोंगो को बदनाम!

ये बात राजा को पता चली और राजा ने
गुस्से में महाशय को दरबार में बुलवाया,
मुँहफ़ट था तो राजा के सामने पहुँचकर
बिना डरे उसने वही वाक्य दोहराया!

महाशय को सिखाने के लिए सबक
राजा ने करके अपने लोगों से मशविरा,
समुंदर की लहरें गिनने का काम देकर
समुंदर तट पे लगवाया उसका डेरा!

कुछ दिन बाद तट पे मालवाहक जहाज़ आया
तो महाशय ने दिखाया सरकारी घमंड,
बोले तुमने लहरे गिनने के सरकारी काम में बाधा डाली
अब भुगतना पड़ेगा दंड!

जहाज़ वाले बोले के ये तो हर बार यहीं आता है
वैसे भी तो है ये राजा का सामान,
महाशय ने फ़रमाया के कैसे यकीन करूँ
क्या है तुम लोगों के पास कोई फरमान!

जहाज़ वाले दरबार में पहुँचे और
राजा को सुनाई अपनी सारी व्यथा,
'रोको मत जाने दो' ऐसा राजा ने
महाशय के नाम फरमान लिखा!

फरमान पढ़के महाशय ने मन ही मन कुछ सोचा
और फिर ऐसे दिया जवाब,
क्योंकि कोमा नहीं बीच में तो
"रोको, मत जाने दो" भी मतलब हो सकता है जनाब!

दुखी होकर जहाज़ वालों को सामान उतारने के लिए
महाशय को देना पड़ा उपहार,
अब तो जो भी आता कुछ ना कुछ देने लगा
महाशय का मनने लगा रोज त्यौहार!

ये खबर राजा के पास पहुँची तो राजा ने
सलाहकारों से पूछ दूसरी तरकीब लड़ाई,
अस्तबल में घोड़ों की लीद तोलने पे लगा दो
वहाँ क्या कर पाएगा उपरी कमाई!

घोड़े की लीद तुलने की खबर सुनके
वहाँ काम करने वालों को पसीना आया,
घोड़े के चने और चारे की चोरी में हिस्सा देकर
महाशय को अपने साथ मिलाया!

ये कहावत 'नौकरी सरकारी चाहे तनख़ाह ना मिले'
आज भी पूरी तरह सार्थक,
प्राईवेट के ऑफिसर को भी कोई नहीं पूछता
और बाबू जी कहलाता है सरकारी क्लर्क!

राहुल जी की तारीफ में दो शब्द

बहुत दिनों से कुछ नहीं लिखा तो दोस्तों ने पूछा
क्या लग गयी तुम्हारी कलम को जंग,
दोस्तों असल में राहुल जी का कोई बयान नहीं आया
इसलिए नहीं मिला कोई व्यंग्य!

कुछ दोस्त बोलते हैं कि आप
राहुल बाबा के ऊपर लिखते हो हरबार,
दोस्तों दरअसल राहुल जी हैं हमारे प्रेरणा स्त्रोत
उन्ही की वजह से लिख पाता हूँ पंक्तिया दो चार!

राहुल जी आजकल इतने लोकप्रिय है कि
उनकी वजह से रजनीकांत के चुटकुले हो गए हैं ख़त्म,
जिस दिन इनका भाषण होता है
कपिल शर्मा की भी टीआरपी हो जाती है कम!

राहुल जी इतने अप्रत्याशित हैं कि
क्या बोल रहे हैं दुसरों को छोड़िए इनको भी नहीं रहता ध्यान,
इनके भाषण का मलतब समझाने के लिए
चाटुकर दोहराते हैं मीडिया पे राहुल चालीसा का ज्ञान!

नेहरू गाँधी परिवार के वंशज होने की वजह से
काँग्रेस उपाध्यक्ष बने इसीलिए सब कहते है युवराज,
या फिर ये पद पाने की दूसरी विशेषता बताइए
तो हम युवराज कहके आपको नहीं करेंगे नाराज़!

मोदी जी तो बहाना मात्र है
दरअसल कांग्रेस को तो हरवाएंगे राहुल जी के अद्‌भुत भाषण,
भविष्य में कांगेस का विनाश करके
गांधीजी की इच्छा पूरी करने के लिए
देश करेगा आपका स्मरण!

राहुल के ब्यानों मे इतना हास्य है कि इसकी वजह से कपिल शर्मा के शो के दर्शक घटे!

मंगलयान का सफ़र

मंगलवार को मंगलयान का सफ़र शुरू हुआ
देशवासी हैं इसके लिए बधाई के पात्र,
ये खबर सुनके लगा कि हमारे वैज्ञानिको के पास है
हर समस्या का उत्तर!

इस अभियान को पूरा कर वैज्ञानिकों ने
चंद देशों में लिखवाया भारत का नाम,
इस श्रेणी में चीन और जापान को भी पीछे छोड़
बढ़ाई देश कीर्ति और मान!

राणा जी की कविता हो और उसमें हास्य या राजनीति ना हो
कुछ जमती नहीं बात,
दिग्गी ने कहा मंगलवार है सांप्रदायिकता का प्रतीक
जो करेगा वोट बैंक पे आघात!

नीतीश जी तो एक कदम आगे निकल गये
बोले वैज्ञानिक कर रहे है पैसे बर्बाद,
ये पैसा विशेष पैकेज के रूप में हमें मिल जाता
तो कर देते बिहार को आबाद!

रॉबर्ट बढेरा ने प्रियन्का से कहा कि
अभी आने वाला है भैया दूज का त्योहार,
धरती पे खेती की जगह कम है
राहुल से मंगल पे ज़मीन माँग लेना उपहार!

वैसे भी मंगल से शरूआत हुई है
आने वाले दिनों में होगा सब मंगल ही मंगल,
सारे विरोधी तभी से हार मानने लगे हैं
जबसे मोदी जी ने संभाला है दंगल!

ना रहेगा भष्ट्राचार ना रहेगी गुंडागर्दी
और देश को मिलेगा सुराज,
है अन्धेरे कहीं और डेरा जमाने की सोचो
मेरे देश में रोशनी लाऐगा मोदी का ताज!

एक लड़की की दुविधा

जब मैं पैदा हुई तो सभी रिश्तेदारों ने दी
मेरे परिजनों को दिलासा,
कोई बात नहीं पहला बच्चा है
दूसरे में करना लड़के की आशा!

जब भी बाहर खेलने के लिए निकली
तो माँ ने ये कहके रोका,
घर का काम सीखोगी तो अच्छा है
ससुराल में तो करना है चूल्हा चौका!

जब भी छोटे भाईयों से किया मुकाबला
या दिखाई कुछ करने की तमन्ना,
माँ ने समझाया पराया धन हो
ससुराल में जाके अपनी इच्छा पूरी करना!

पहले सोचती थी कि ससुराल में होगा सम्मान
और इच्छा पूरी करेंगे पति,
विदाई के समय माँ ने कहा ससुराल में
कुछ करने में लेना सास की सहमति!

ससुराल पहुँची तो मेरे बारे में ज़्यादा नहीं
लेकिन लाए हुए सामान की हो रही थी तारीफ़,
माँग से ज़्यादा दहेज दिया
सभी कह रहे थे मेरे माँ बाप को बड़ा शरीफ!

जैसे ही लड़की की माँ बनी
तो बदल गया सारा संसार,
बहन जैसी ननद ताने देने लगी
माँ जैसी सास का कठोर हुआ व्यवहार!

सोचने लगी समाज में क्यों है
लड़के और लड़की के लिए अलग व्यवहार,
मुख्य कारण लगा होना मर्दो का
वित्तीय साधनों पर ज़्यादा अधिकार!

खैर मेरे साथ जो भी हुआ
नहीं होंने दूँगी बेटी के साथ,
पढ़ा लिखाकर आत्मनिर्भर बनाऊंगी
दहेज के लोभियों को नहीं दूँगी हाथ!

भाभी जी के नियम

भाभी जी ने इतने नियम बना रखे हैं
के भर जाए पर्चे पे पर्चा,
लेकिन जो खास खास है
आज हम उनकी ही करेंगे चर्चा!

चौधरी साब का पहला काम है
उठते ही भाभी जी के लिए चाय बनाना,
चाय जब हल्की सी ठंडी हो जाए
तो भाभी को प्यार से जगाना!

गीले पोछे पे चलना, गीला तोलिया
बेड पे डालना आदि की नहीं है माफी,
काउन्सेलिंग होगी इतनी जो
अगले 2-3 महीने तक रहे इनको काफी!

आफ़िस से आने के बाद बिना हाथ धोए
अगर किया किसी चीज़ को टच,
शाम की चाय तो भूल जाएं
रात को खाने की भी हो जाएगी किल्लत!

आफ़िस में खाना खाया या नहीं
इसके लिए टिफिन की होगी आते ही पड़ताल,
खाना छोड़ने पर खाना खुद ही बनाना पड़ेगा
और रहेगा पूरे हफ्ते मलाल!

बैंक के एटीएम और दूसरे क्रेडिट कार्ड
रहते है भाभी जी के पास,
चौधरी साब को थोड़े पैसों के लिए भी
बहाने बनाने पड़ते है पचास!

टीवी घर में तभी चलेगा जब आएँगे
कार्यक्रम भाभी जी के मनपसंद,
इनको बैठ के साथ में देखना भी पड़ेगा
अगर रखना है मैडम को प्रसन्न!

पार्टी में दूसरी औरत की तरफ देख लिया
या पी दोस्तों के साथ शराब,
घर पहुँचने से पहले गाड़ी में ही होगी क्लास
और रात भर बाहर सोएंगे जनाब!

इससे ज़्यादा निजी बात नहीं लिख सकता
झेलनी पड़ सकती है नाराज़गी,
मुस्कराने की ज़रूरत नहीं क्योंकि
चौधरी की बजाय ये कहानी है आपकी!

आपकी तारीफ़ में कुछ लफ़्ज

आपकी तारीफ़ में कुछ लफ़्ज लिखने को बेचैन है मन,
ऐसा ना किसी को मेरी किस्मत से हो जाए जलन!

बगीचे की कलियाँ अगर देख लें एक बार आपका मुस्कराना,
वो खिलना छोड़ देगी और उपवन में पड़ जाएगा वीराना!

होठ की क्या तारीफ करुँ जैसे कि है पंखुड़ी गुलाब,
नैन इतने नशीले की नशेड़ी भी पीना छोड़ दे शराब!

जुल्फ ऐसी कि झटक दो तो शरमा जाए सावन का बादल,
आवाज़ इतनी मधुर जैसे कि हो किसी शायर की ग़ज़ल!

हिरनी भी करने लगेगी जलन देखकर आपकी मदमस्त चाल,
दिल हाथों में आ जाता है जब बिछाती हो अदाओ का जाल!

तुम्हें पाकर जीवन पूरा लगने लगा और पूरा हुआ हर सपना,
गुस्ताख़ी हो माफ़ अगर मैं करने लगूँ हे प्रिय आपकी वंदना!

भाभी जी की शॉपिंग

भाभी जी की शॉपिंग से होके दुखी
चौधरी साब ने सुनाए कुछ प्रसंग,
मैं चाहता हूँ कि मेरे साथ
आप भी उठाए इनका भरपूर आनंद!

बोलते हैं कि घर से जाने से पहले
शॉपिंग के सामान की बनाती है लिस्ट पूरी,
सामान तो ज़रूरत से ज़्यादा आता है
लेकिन वही छूटता है जो था सबसे ज़रूरी!

कई बार लाना है आटा और चावल
तो मैडम देखने लगेंगी फूलदान,
पास जाके पता चलता है कि
बगल में रखा है कॉस्मेटिक का सामान!

एक बार सुबह मंदिर जाने के लिए फ़रमाया
तो हुए थोड़ा सा हैरान,
वापसी में सोने का हार दिलाना पड़ा
क्योंकि पास थी सुनार की दुकान!

मिठाई की बात चली तो बोली
रामू की दुकान पे जाएँगे जो है तुम्हारी मनपसंद,
असल में मिठाई के बहाने
नये ब्यूटी पार्लर का उठाना चाहती थी आनंद!

हमने उनको समझाया कि भाभी जी के लिए
आप और आपका घर ही है पूरा संसार,
शॉपिंग के ज़रिए घर से मिलती है फुर्सत
और आपका ध्यान पाने के लिए करती है श्रृंगार!

मंत्री जी का दूधिया

एक नये बने मंत्री के दूधिए ने किया
काम करने से इनकार,
बोला कि अब मैं आम दूधिया नहीं
मेरे मालिक हो गये हैं सरकार!

मालिक हो गये हैं सरकार
मुझे भी बनवाओ सरकारी नौंकर,
मंत्री जी ने किसी को बोल रखवा दिया
सरकारी बस में कंडक्टर!

दूधिया अनपढ़ था तो टिकट बनाने
और हिसाब में गड़बड़ पाई,
महाप्रबंधक ने हिम्मत करके
सारी समस्या मंत्री जी को बताई!

टिकट काटने से टिकट फाड़ना है
आसान मंत्री जी ने ये बात सुझाई,
टिकट कंडक्टर से चेक करने वाला
बनवाके दूधिए की तरक्की करवाई!

हमारी व्यवस्था है कुछ ऐसी
कि रिश्तेदार और जानकार ही आगे बढ़ते हैं,
योग्य इंजीनियर डॉक्टर बनते हैं
और अयोग्य नेता बनके उनपे शासन करते हैं!

कांग्रेस में तरक्की का रास्ता

कांग्रेस में किसी को भी तरक्की करने के लिए
चाहिए दो विशेषताएँ निराली,
या तो करो गाँधी परिवार की चमचागीरी
या फिर दो मोदी जी को गाली!

मोदी जी की बुराई करके मंत्री बन जाते हैं
मनीष तिवारी जैसे छुट भैये नेता,
ये काम तो दिग्विजय भी करते हैं
लेकिन उनको कोई भी गंभीरता से नहीं लेता!

मोदी जी की बुराई करने में कांग्रेस के
सीबीआई की वजह से सहयोगी भी नहीं है कम,
कभी नीतीश कभी मायावती छेड़े मोदी राग
और कभी मोदी नाम दोहराए मुल्ला मुलायम!

गाँधी परिवार की चमचागिरी में तो
सारे के सारे काँग्रेंसियो ने हद कर दी पार,
कोई सोनिया के घर झाड़ू मारने को बोले
कोई है सोनिया का मंदिर बनाने को तैयार!

मोदी की बुराई और चमचागिरी करेगी
केवल पार्टी टिकट पाने में आपकी सहायता,
बिना उपलब्धि के मुद्दा विहीन चुनाव में जाओगे
तो जनता दिखाऐगी घर का रास्ता!

लता मंगेशकर जी द्वारा मोदी की तारीफ

आजकल आपने अगर की मोदी जी की तारीफ
या राहुल सोनिया की बुराई,
या तो आपके घर पे पड़ेगा इनकम टैक्स का छापा
या केस बनाएगी सीबीआई!

इसी श्रेणी में कुछ दिन पहले लता मंगेशकर जी ने दिया
मोदी की तारीफ में बयान,
कांग्रेस के एक छूट भैये नेता ने कहा कि
छीन लेना चाहिए भारत रत्न सम्मान!

जिनका कोई नाम भी नहीं जानता था
पूरे मीडिया में उसका नाम है छाया,
दिग्गी और मनीष तिवारी ने सोचा कि
ये विचार उनके मन में क्यों नहीं आया!

उनके इस बयान से खुश हो शिन्दे ने दिया
सुझाव जिसे सुन सोनिया हुई गदगद,
बोली आचार संहिता के ख़त्म होने पर
देंगे चंदुकर को राष्ट्रपिता का पद!

सुनिए श्रीमान ये सम्मान भारत सरकार देती है
ये नहीं है कांग्रेस की बापौती,
अपनी इज़्ज़त बचाने की सोचो 2014 चुनाव में
गीली हो जाएगी आपकी धोती!!

सचिन को भारत रत्न

सचिन की विदाई में भावुक क्रिकेट प्रेमी बहुत खुश हुए
सुनके उनके भारत रत्न का समाचार,
क्योंकि सारी उमर देश के लिए खेलने में दी
इसीलिए है वो भारत रत्न पाने के पक्के हक़दार!

सचिन जब क्रिकेट में आए तो उनके खेल की वजह से
लोगों में था उनको देखने का जुनून,
सचिन के आउट होते ही टीवी बंद कर देते थे मानते थे
उनका आउट होना देश के लिए अपशगुन!

सवा सौ करोड़ लोगों का देश है तो व्यवहारिक है
अलग अलग तरह की प्रतिक्रयाए आना,
राजनीतिज्ञ विरोधियों को छोड़ राणा जी को ज़रूरी लगा
कुछ प्रतिक्रियाओं पर गौर फरमाना!

कुछ ने बोला सचिन ही क्यों
भगत सिंह, लोहिया, आदि नहीं पा सकते थे ये सम्मान,
दूसरे ने फ़रमाया वो सब राजनीतिज्ञ थे
खिलाड़ी को देकर सरकार ने बढ़ाया नौजवानों का मान!

फिर किसी ने बोला अगर खिलाड़ी को ही देना था
तो हॉकी जादूगर ध्यानचंद थे सर्वोत्तम,
दूसरे ने तर्क दिया वो होता तो अच्छा था
लेकिन सचिन को सम्मान देने के समय था उत्तम!

कुछ ने कहा कि चुनावी फ़ायदा उठाया कॉंग्रेस ने
तो नहीं ठहरा सकते सचिन को इसका कारण,
ग़लत नियत से दिया पुरस्कार लौटाया जा सकता है
इतिहास में कई हैं उदाहरण!

दोस्तो इस विषय पे पिछले दिनों में बहुत सारी बातें हुई
जिनको लिखते लिखते थक जाएगी लेखनी,
इसीलिए बहस खुली छोड़ रहा हूँ और चाहुँगा
आप करे मन में विचार और दे अपनी टिप्पणी!

राहुल को अपना भाषण बीच में ही रोकना पड़ा

क्योंकि कोई सुनने वाला नहीं था तो
दिल्ली की रैली में रोकना पड़ा राहुल को भाषण,
शीला जी पुकारती रहीं रूको ये वही राहुल है
जिनके पूर्वजों ने दिया पूरे देश को राशन!

अपनी दुर्दशा देख राहुल दुखी हुए
और सुनाई मम्मी जी को अपनी व्यथा,
शीला आंटी की रैली में कभी नहीं जाऊँगा
क्योकि वहाँ नहीं थी लोगों को रोकने की व्यवस्था!

सोनिया ने शीला से कहा आपके पड़ोसी
हुडा जी ने सफल रैली की थी लीजिए उनकी सहायता,
शीला बोली सरकार में तो मैं भी बड़ी रैली कर लेती हूँ
लेकिन अब लगी है आचार संहिता!

राहुल की दुर्दशा की चर्चा चारों तरफ हुई
दुखी होके सोनिया के पास पहुँचे कांग्रेसी कार्यकर्ता,
जो थोड़े वोट आने वाले हैं वो भी जाएँगे
अगर पप्पू को नहीं संभाला माता!

प्रियंका बोली के पोगो देखने की उमर में
छोटे भाई को रैली में भेजना नहीं है अच्छी बात,
ये ज़िम्मेवारी इसके जीजा जी को दो
जो राबर्ट बढेरा से राबर्ट गाँधी बन कर करेंगे करामात!

दिग्विजय बोले मैडम परेशान ना हो
असल में उस समय टीवी पे आ रहा था मोदी का बयान,
अगली बार समय का ध्यान रखेंगे
और भीड़ ज़्यादा दिखाने के लिए चुनेंगे छोटा मैदान!

बदलेगा हिन्दुस्तान

ताज़गी लेकर आई नयी सुबह
ताज़गी लेकर आए चुनाव परिणाम,
देश के भविष्य की उम्मीद जागी लगता है
अब बदलेगा हिन्दुस्तान!

राजस्थान दिल्ली में हराकर
लोगों ने बंद की कांग्रेसी बड़बोलों की जुबान!
छत्तीसगढ़ मध्य प्रदेश ने
भाजपा को जिताकर बढ़ाया मोदी का मान,

इन चुनाव परिणामों को देखकर लगता है
देश के लोगों ने लिया है ठान,
मोदी को ही देश का प्रधानमंत्री बनाना है
मिटाके काँग्रेस का नामो निशान!

लगने लगा है भ्रष्टाचार ख़त्म होगा
जेल जाएँगे लुटेरे और बेईमान,
धर्मनिरपेक्षता का ढोंग नहीं होगा
क़ानून होगा सब धर्मों के लिए समान!

अब कोई भूखा नहीं रहेगा सबको मिलेगा
शिक्षा सबको मिलेगा ज्ञान,
कोई भी सड़कों पे नहीं सोएगा
सबको मिलेगा रहने को मकान!

देश की सीमा सुरक्षित होंगी
नहीं होगा सैनिकों के सर कटने का अपमान,
कश्मीर को छोड़िए
लाहौर को छुड़ाने के लिए छटपटाएगा पाकिस्तान!

देश में तकनीक विकसित होगी
देशी उद्योग धंधो को होगा उत्थान,
चारों तरफ विकास होगा
भारत को फिर सोने की चिड़िया कहेगा जहान!

दोस्तों ना राणा जी खुशी में भावुक हैं
ना है ये कवि कल्पना की उड़ान,
इसके लिए तो अंग्रेज़ों से आज़ादी पाई थी
और अब मोदी जी से भी है यही अरमान!

चौधरी साब की प्रेम कहानी

जब चौधरी साब ने पार की बचपन की दहलीज,
बालों में कंघी, आँखो पे चश्मा और लखनवी कमीज़,
स्कूल का डिसिप्लिन छोड़ जाने लगे नये कॉलिज,
बड़े खुश होते थे जब कोई कहता था बदतमीज़!

छुट्टियों में घर आए तो नया चेहरा देख नज़रें हुई स्थिर,
चेहरा ऐसा जैसे कि भगवान ने खुद बनाई थी तस्वीर,
गोरे-गोरे गालों पे काली काली जुल्फो की लकीर,
मोटी-मोटी आँखो में जब देखा तो चौधरी साब हुए फकीर!

दिन-रात की चैन गयी और छूटा उनका खाना,
दोस्तों के लिए फुर्सत नहीं बस उससे मिलने का ढूँढे बहाना,
फिर कसमें वादे शुरू हुआ रूठना-मनाना,
वादियाँ हसीन लगने लगीं हसीन लगने लगा जमाना,

उससे शादी की तमन्ना में भक्ति की इच्छा हुई इसबार,
चौधरी साब भोले का काँवड़ लाने जा पहुँचे हरिद्वार,
काँवड़ लेकर आते हुए रास्ते में मिला बहुत बुरा समाचार,
जब तक वापिस पहुँचे उसकी डोली पहुँची दूसरे द्वार!

दिन गुज़रे साब की भी शादी हुई
और शुरू हुआ जीवन का नया अध्याय,
कुछ साल बाद मिले लग रहे थे
बीवी से दुखी और असहाय,

मन ही मन बुदबुदाये भगवान ने
पहले ही सुझाया था उपाय,
पहली बार इशारा किया था
हम अज्ञानी नहीं समझ पाये अभिप्राय!

युवराज का लोकपाल

विधानसभा चुनाव हारते ही आई काँग्रेस
और युवराज को लोकपाल की आई याद,
इतने सालों से कहाँ सोए पड़े थे
तब कहाँ चला गया था आपका राष्ट्रवाद!

कितनी भी लोक लुभावन योजनाएँ लाओ
चाहे खाद्य सुरक्षा या लोकपाल,
जनता आपकी बातों में आने वाली नहीं
समझती है आपकी सारी चाल!

आपने लोकपाल की बात की तो
जनता के मन में आए कुछ ऐसे विचार,
पेट्रोल के दाम बढ़ाने हैं या छुपाना चाहते हो
किसी नये घोटाले का समाचार!

सुना है अब तो गैस सिलेंडर सस्ते
करने के लिए भी तैयार है काँग्रेसी मंडली,
इतना लूटने के बाद तो कहेंगे कि
नौ सौ चूहे खा़के बिल्ली हॅज़ को चली!

दोस्तो काँग्रेस वो पार्टी है जिसने भ्रष्टाचार,
अव्यवस्था से किया देश का बेड़ा गरक,
सबक सिखाना है तो इन्हें वोट मत देना
चाहे योजनाएँ लगें कितनी भी आकर्षक!

केजरीवाल की बाल हठ

चूहे को हल्दी की गाँठ मिलने से पंसारी बनने जैसा
हो गया आम आदमी पार्टी का हिसाब,
बच्चों जैसी जिद करते हुए कहते हैं कि
ना खेलेंगे ना खेलने देंगे पिच को करेंगे खराब!

पहले अन्ना अब जनता को धोखा दे रहे हैं
क्योंकि ये हैं दगाबाज,
काँग्रेस के साथ मिलकर सरकार बनाने से खुल सकता है
गुप्त समझौंते का राज!

दरअसल मोदी से घबराकर भाजपा के वोट काटने के लिए
काँग्रेस ने चली है ये चाल,
काँग्रेस की खिलाफत करके भाजपा के बढ़े हुए
वोट बैंक में सेंध लगाएगा केजरीवाल!

काँग्रेस की चाल उल्टी पड़ गयी
क्योंकि केजरीवाल को मिले ज़रूरत से ज़्यादा वोट,
केजरीवाल वायदे के अनुसार सरकार चला नहीं सकते
इसीलिए निकाल रहे हैं सबमें खोट!

ये तो ऐसे बल्लेवाज हैं जो खेलने से पहले चाहते हैं
करना मैच का परिणाम निर्धारित,
ऐसे प्रेमी हैं जो रंगरलियाँ तो मना सकते हैं
लेकिन शादी करने से होते हैं भयभीत!

सत्ता ना लेकर केजरीवाल बने रहना चाहते हैं
काँग्रेस और मीडिया के नायक,
जब तक जनता में छवि अच्छी है
मोदी का वोट काटने में रहेंगे काँग्रेस के सहायक!

अब तो काँग्रेस भी नहीं चाहती कि
लोकसभा चुनाव से पहले सरकार बनाए इनके मित्र,
लंबे छोड़े वायदे पूरे नहीं कर पाएँगे
जनता को पता चल जाएगा इनका असली चरित्र!

केजरी बाबू, दिल्ली से अतिउत्साहित होकर
आपने कर दी मोदी को ललकारने की भूल,
हम तो यही कहेंगे कि गीदड़ शहर की तरफ तब भागता है
जब समय हो प्रतिकूल!

सोशल मीडिया पर केजरीवाल ने जोक्स के मामले में राहूल से बाजी मारी
मम्मी, मैं कहीं भी भाषण देने के लिए तैयार हूँ क्योकि सोशल मीडिया वाले केजरी भैया की वजह से व्यस्त है!

अमेरिका की दादागिरी

अमरीका ने अपने अंदाज में फिर से की बदतमीज़ी
और फिर से दिखाई बदमाशी,
भारतीय महिला अधिकारी को सरेआम हथकड़ी पहनाई
और निर्वस्त्र कर ली तलाशी!

आम भारतीय नागरिकों के साथ तो ये बार बार होता है
तब तो नहीं करता कोई खिलाफत,
क्या राजनीतिक संबंधो की वजह से नेता
और मीडीया कर रहे हैं देवयानी की वकालत!

पहले भी अमेरिका ने हमारे पूर्व राष्ट्रपति के साथ
किया था अपमानजनक व्यवहार,
दोबारा ऐसा करने की हिम्मत नहीं होती
अगर उस समय कठोर निर्णय ले लेती सरकार!

कमजोर सरकार कठपुतली प्रधानमंत्री है
अमेरिका की दादागिरी दिखाने का कारण,
मोदी के बारे में पत्र लिख कुछ सांसदों ने
पेश किया था अमेरिका की बादशाहत का उदाहरण!

अमेरिका की छोड़िए पड़ोसी मुल्को के
सामने भी दिखती है हमारी सरकार शक्तिहीन,
कभी पाक सैनिकों के सर काटता है
कभी हमारी सीमा के अंदर आ जाता है चीन!

दूतावास से पुलिस हटाना, अमेरिकी नेताओं से
ना मिलने को नहीं मानते कठोर कदम राणा,
अमेरिकी कंपनियों कोक पेप्सी को बाहर निकालो
जो पानी बेच खाली कर रही है देश का खजाना!!

अँधा बाँटे रेवड़ी अपने-अपने को दे!

हरियाणा में सरकारी नौंकरी पाने के
केवल दो ही प्रकार के लोगों का है बोलबाला,
या तो उम्मीदवार रिश्वत दे, या होना चाहिए
किसी नेता का भाई भतीजा या साला!

पिछले दिनों हरियाणा प्रशानिक सेवा का
परिणाम का परिणाम देखकर बुद्धि चकराई,
देख के सूची में मुख्यमंत्री की साली की पोती, भतीजी
और ऊर्जा मंत्री का जमाई!

इस सूची को देख ऐसा लगा जैसे कि
नेताओं के भाई भतीजों का दिमाग़ है ख़ास,
यहाँ घोड़े को घास नहीं और
भाई भतीजावाद के चलते गधे खा रहे च्यवनप्राश,

राज्य की तरक्की ना होने का कारण है
बड़े ओहदों पे बैठे अयोग्य लोगों की अदूरदर्शिता,
वोट बैंक के लिए ही सारी योजनाएँ बनती हैं
राज्य और देश की नहीं इन्हे चिंता!

अँधा बाँटे रेवड़ी अपने-अपने को दे यही है
असल में यही है हरियाणा की हक़ीकत,
दुर्भाग्य देखिए कि सभी जानते हैं
फिर भी चुनाव में जिताते हैं इन्हें देकर अपना मत!

जिसका परिवार नहीं वो करेंगे निष्पक्ष शासन
और वही निष्पक्षता से देंगे रोज़गार,
वोट के समय याद रहे मोदी की औलाद नहीं
अटल जी की तरह पूरा भारत है इनका परिवार!!

मोदी की महागर्जना रैली

मोदी की मुंबई रैली को लेकर लोगों में
दुगना था उत्साह और उमंग,
रैली थी या कुंभ का मेला कल्पना से ज़्यादा
भीड़ देख विरोधी रह गये दंग!

मंच पे खड़े होकर जैसे ही जनता का
अभिनंदन करने के लिए मोदी जी ने हाथ लहराया,
जनता ने भी उत्साहित हो दी प्रतिक्रिया
और मोदी जिंदाबाद का नारा बार-बार दोहराया!

भाषण में थे विभिन्न रंग कभी आम आदमी का सम्मान
कभी विकास की बात,
नौजवानों के लिए रोज़गार और
भ्रष्टाचार पे विरोधियों की दोमुँही बातों पर किया आघात!

लोगों में भर जाता था जोश और उमंग
जैसे ही मोदी जी मंच से करते थे गर्जना,

लगता है लोगों ने काँग्रेस मुक्त देश की ठानी है
और विकास का देख रहे हैं सपना!

उसी समय समाचारों में आने के लिए
राहुल पहुँचे मुजफ्फरनगर साथ लिए मीडिया वाले,
यहाँ पासा उल्टा पड़ा भागे दिल्ली
जब लोगों ने किया विरोध और दिखाए काले झंडे!

दूसरी आज़ादी के लिए पूरा देश
मोदी की तरफ़ देख रहा है महाराष्ट्र हो या हो बिहार,
पूर्व पश्चिम उत्तर और दक्षिण से एक ही आवाज़
अबकी बार मोदी की सरकार!!

बच्चों की कसमें और दिल्ली की गद्दी

कल तक जो किसी से गठबंधन ना करने के लिए
खाते थे बच्चों की कसमें,
दिल्ली की गद्दी के लिए काँग्रेस के पहलू में बैठकर
निभा रहे है दोस्ती की रस्में!

यहाँ पे केजरीवाल सरकार का मतलब है
काँग्रेस का हाथ आम आदमी के साथ,
दिल्ली की जनता फिर से ठगी गयी
दिल्ली की जनता फिर से हुई अनाथ!

दिल्ली की जनता ने इन्हें मत दिए
होकर सरकार के भ्रष्ट्राचार से तंग,
इन्हीं के साथ गठबंधन करके अब
दिखा रहे हैं अपना असली रंग!

असल में मोदी को नुकसान पहुँचाने के लिए
पहले से है इनका समझौता गुप्त,
इनकी चाल से बचो नहीं तो दुनिया के नक्शे से
हिन्दुस्तान हो जाएगा लुप्त!

केजरीवाल की छवि चमकाने के लिए
अगले कुछ समय दिल्ली में होगा ड्रामा,
कुछ काँग्रेसियों पे चलेंगे मुक़दमे
और काँग्रेस भी अलग दिखने के लिए करेगी हंगामा!

दोस्तो दिल्ली की तरह लोकसभा चुनाव में
इनके बहकावे में मत आना,
मोदी को ही अपना मत देना अगर
चाहते हो काँग्रेस को देश से भगाना!

चौधरी साहब की महफ़िल

भाभी जी मायके गयी थीं तो बहलाने के लिए दिल,
चौधरी साहब ने सोचा जमाने के लिए घर में महफ़िल!

दोस्तों को दिया न्योता देने के लिए नये साल की ट्रीट,
दारू के साथ-साथ बनाया गया बकरे का मीट!

दारू चालू हुई तो टकराने लगे जाम पे जाम,
मंत्रियों की तरह बातें करने लगे जो थे आदमी आम!

एक ने दूसरे को रोका दिखाई नीट पीने पे झुंझलाहट,
दूसरा बोला मैं बिल्कुल शुद्ध पीता हूँ नहीं चाहिए मिलावट!

ज़्यादा पीने की वजह से खूब किया हंगामा,
किसी ने की उल्टी किसी नें गीला किया पायज़ामा!

सोना क्या था जिसको जहाँ जगह मिली वहीं गये लुढ़क,
कोई कारपेट पे सोया किसी को मिली बाथरूम की टॅब!

सुबह उठते ही दर्द के मारे था सबका बुरा हाल,
घर की देख हालत सारे दोस्त घर से खिसके तत्काल!

साब ने सोचा मैडम ने हालत देखी तो नहीं करेगी माफ़,
उठाया झाड़ू पोंछा और जल्दी-जल्दी घर करने लगे साफ!

मैडम घर पहुँची तो सफाई देख हुई हैरान,
कुछ गड़बड़ी की आशंका से खड़े हुए कान!

हर जुर्म करने वाले छोड़ देते हैं अहम सुराग,
मैडम की समझ में सब आ गया देख कारपेट पे दाग!

मैडम का पारा बढ़ गया और हुई गुस्से से लाल,
साहब को बोला लाने के लिए नया कारपेट तत्काल!

नया कारपेट लेने के लिए लेना पड़ा लोन,
लोन की किश्त चुकाने में बेचना पड़ा मोबाइल फोन!

एक दिन की महफ़िल की कीमत चुकानी पड़ी पूरा साल,
पार्टी का नाम नहीं लेते और दारू भी बंद है फिलहाल!

चौधरी साहब की समस्या थी तो कुछ नहीं कर पाए सॉल्यूसन,
हमारे साथ कुछ ऐसा ना हो लो नया साल रेजेल्यूशन!

कोलकाता बलात्कार कांड

देश फिर से शर्मसार हुआ मानवता के नाम पर
धब्बा छोड़ गया 2013 का साल,
कोलकाता बलात्कार के बाद जलाई हुई
लड़की की मौत छोड़ गयी कई सवाल!

हमारे मीडिया वाले भी टीआरपी के चक्कर में
हो गये कितने संवेदनहीन,
कितनी बार इस समाचार को दिखाया
जबके कुकर्म हुए हो गये महीने तीन!

नेताओं की तो बात मत कीजिए
उनको हर बात लगती है राजनीतिक बवाल,
ममता बनर्जी जी तो खुद एक औरत होते हुए भी
बता रही है विरोधियों की चाल!

कैसा समाज है हमारा जहाँ परिजन
अकेले लड़की को बाहर भेजने में कतराते हैं,
कैसी क़ानून व्यवस्था है जहाँ रक्षक ही भक्षक को
बचने के तरीके बताते हैं!

देश की बेटी की दुर्दशा पे दुखी होंगे
जिन्होंने किया था देश के लिए बलिदान,
सोचो बिकाऊ मीडिया, मक्कार नेता
और डुलमुल समाज कैसे बनाएँगे भारत महान!

कश्मीर हमारा है

कश्मीर हमारा है ये बताने के लिए नहीं चाहिए
नेता प्रशांत भूषण जैसे झक्की,
केंद्र सरकार की मेहरबानी है नहीं तो
ऐसा कहने वाले को पीसनी चाहिए जेल में चक्की!

आज़ादी के समय पटेल ने सारी रियासतों को
मिलाया था भारत के साथ में,
कश्मीर अभी भी मसला है क्योंकि
ये मुद्दा लिया नेहरू जी ने अपने हाथ में!

कश्मीर के बारे में पूछना है तो उन माँओं से पूछो
जिनके बेटों ने शीश कटवाए,
पूछना है तो उन विधवाओं से पूछो
जिन्होंने कश्मीर के लिए अपने सुहाग गँवाए!

प्रशांत भूषण कश्मीर के लिए संभल के बोलो
और मत छेड़ो देशवासियों के ज़ज्बात,
पिछली बार तो सिर्फ़ लातें पड़ी थी
अब लगता है दिखानी पड़ेगी इनको औकात!

इनका खून सफेद हो गया इसीलिए कर रहे हैं
गद्दारी भूल के वीरों का बलिदान,
आओ इन्हें सबक सिखाए अगर आने वाली
नस्लों के सामने खड़ा होना है सीना तान!

बिजली पानी भले ही महंगा मिले देश की
अखंडता के लिए नहीं करेंगे समझौते,
लाहौर भी भारत का हिस्सा होता
अगर इन जैसे गद्दार देश में नहीं होते!!